희미한
희망의

나날들

한 그루의 나무가 모여 푸른 숲을 이루듯이
청림의 책들은 삶을 풍요롭게 합니다.

DY 에게

비밀과 고백

나는 내 이야기를 다른 사람에게 전달하는 데 서툰 편이다. 가까운 친구에게도 개인적인 고민을 잘 말하지 않는다. 이렇게까지 고백하지 않는 연유는, 결점을 누군가에게 내보이고 싶지 않다는 알량한 자존심 탓인지도 모르겠다. 곰곰 이런 생각을 할 때가 있다. 문학을 하겠다고 마음먹은 내가 왜 시나 소설을 쓰지 않고 비평을 쓰는가 하고. '문학 작품을 자신만의 관점으로 해석하는 게 좋아서'라는 대답을 할 수 있을 것이다. 한데 이 같은 답변은 뭔가 부족해 보인다. 거짓말은 아니지만 뻔한 겉치레처럼 느껴진다.

좀 더 솔직해지겠다. 내가 비평을 쓰는 까닭은, 끝내 내 이야기를 직접 하고 싶지 않았던 (무)의식에 바탕을 두고 있는 것 같다. 아무리 소설이 허구라고 해도, 그 안에는 어쩔 수 없이 작가의 많은 부분이 노출된다. 시인의 내면을 고스란히 형상화하는 시는 더 말할 것도 없다. 창작 활동은 자기가 알고 있고, 자기도 모르는 '나'를 수많은 사람에게 드러내는 작업이다. 커다란 용기가 없으면 결코 할 수 없는 일이다. 그러하기에 나는 경외하는 그들의 작품을 평하는 척하며, 거기에 슬며시 나 자신을 끼워놓을 뿐이다.

부끄러운 나를 공개하고 싶지 않다는 억압과, 그럼에도 불구하고 나의 목소리를 내고 싶다는 모순된 욕망이 충돌하면서 비평을 쓰는 현재의 내가 만들어진 것이 아닐까 싶다. 그런 점에서 영화 〈동주〉로 한층 더 우리에게 친숙해진 윤동주는 나와 비교되는 사람이다. 그는 자기의 부끄러움을 감추지 않고 아름다운 언어로 진솔하게 표현한 명실상부한 '시인'이다. 나는 도저히 할 수 없는 일이다. 그는 "인생은 살기 어렵다는데 시가 이렇게 쉽게 쓰이는 것은 부끄러운 일이다"라고 쓴 적이 있다. 그렇지만 부끄러움을 숨김없이 말하는 윤동주는 부끄러움을 숨기려고만 하는 나보다 훨씬 강한 사람이다. 비겁한 사람은 결코 고백할 수 없다.

그러니까 나를 놓고 보면, 비평가란 혼자서는 갇혀 있는 자기를 꺼낼 수 없기에, 작품을 빌려 어떻게든 갇혀 있는 자기를 조금이라도 꺼내보려고 끊임없이 노력하는 사람이다. 비록 헛되고, 쓸데없다고 폄하되더라도 그것을 할 수밖에 없다. 나는 스스로가 싫어지는 상황을 자주 경험한다. 내가 꿈꾸는 이상은 터무니없이 숭고한 데 비해, 내가 실제 사는 현실은 비루하기 짝이 없어서다. 도무지 좁혀지지 않는 양자의 거리가 나를 좌절하게 만든다. 아무리 발버둥 쳐도 앞으로 나의 삶이 크게 나아지지는 않겠지. 이미 반쯤은 체념하고 있다. 그런데 나머지 반은 어떤가 하면 그렇지가 않다. 포기하지 못했다. 향상의 기대 없이, 나는 현재를 살아갈 수 없기 때문이다. 무엇이 되었든 조금 더 만족스러운 쪽으로 바뀌어 가리라는 희미한 희망이 나를 숨 쉬게 한다.

이럴 때 나는 《파우스트》의 한 구절, "인간은 노력하는 한, 방황하는 법이다"를 붙든다. 파우스트를 타락시키려는 악마 메피스토펠레스와 내기하는 절대자의 말이다. 그에 따르면, 내가 이리저리 헤매는 이유도 어느 정도 납득이 된다. 방황한다는 것은 어쨌든 노력한다는 뜻이니까. 갈팡질팡하는 나를 끝없는 자책에서 헤어날 수 있게 하는 소중한 금언이다. 젊은 시절부터 집필을 시작한 《파우스트》를 괴테는 만년이 돼서야 비로소 완성한다. 수십여 년의 세월이 걸렸다. 대문호 괴테라도 어쩔 수 없었을 것이다. 《젊은 베르테르의 슬픔》이 사랑의 충동에 몸을 내맡긴 청춘을 다룬 작품이라면, 《파우스트》는 삶과 죽음에 관한 진리를 탐구하려는 구도자가 기나긴 방랑을 하는 작품이기에 그렇다. 인생의 일부가 아니라, 전체를 통찰하는 관점을 가지려면 많은 시간이 쌓여야 한다.

"멈추어라, 너 정말 아름답구나!"

이렇게 외치는 순간, 파우스트는 메피스토펠레스에게 패배하고 영혼을 빼앗긴다. 삶의 절정에서 삶을 내놓아야 하는 운명이야말로, 인간이 받아들여야 하는 아이러니라는 의미다. 나는 언제 이와 같은 날을 마주할 수 있을까. 벌써 대면했거나, 대면하고 있는 중인지도 모른다. 그렇게 빛나는 나날이 내 인생에 펼쳐지고 있음에도 불구하고, 그 사실을 그냥 흘려버리고 있는 것은 아닐지 걱정이다. 만약 멈추고 싶을 정도로 아름다운 장면을 놓쳤다고 한다면? 어려워도 또 다른 진경을 찾아내는 수밖에 없다. 그날까지 노력과 그에 수반되는 방황을 멈추지 않으려 한다. 앞으로 내가 쓰는 글이 내가 한 다짐의 증거가 될 것이다.

2021년 겨울

허희

2장 저기 수많은 별 중에

3장 우리를 구원하는 우리

1장

사랑은
중력이다

픽션으로서의,
망가진 사람들의 연애

**몇 편의 한국 근대 소설과
영화 〈오버 더 펜스〉에 부쳐**

연애는 발명품이다. 사람이 사람을 좋아해 사귀는 일이 무슨 발명품이냐고? 이 문장의 앞뒤를 나눠서 생각해야 한다. 사람이 사람을 좋아하는 감정은 자연스러운 것이 맞다. 좋아하는 감정은 인위적으로 만들어낼 수 없으니까.

하지만 두 사람이 사귀는 일은 자연스러운 것이 아니다. 사귀는 일에는 반드시 형식이 결합한다. 예컨대 옛날 성춘향, 이몽룡의 사랑과 오늘날 연인이 하는 사랑을 비교해보면 어떨까. 감정적 차원에서 사랑의 크기와 질은 특별히 다르지 않을 것이다. 그래서 우리는 까마득한 과거부터 전승된 이야기라 할지라도 거기에 등장하는 주인공의 마음에 감정이입할 수 있다. 십만 년 전이나 지금이나 우리는 동일한 호모 사피엔스다. 부분적인 업데이트야 해왔겠지만, 기본적인 하드웨어와 소프트웨어는 바뀌지 않았다. 유전자는 힘이 세다.

그런데 이보다 더 중요하게 고려해야 할 점이 있다. 《사피엔스》를 빌려 말하건대, 호모 사피엔스가 다른 종을 압도하게 된 독특한 능력, 언어를 사용해 허구를 창안하고 이를 공유해 실재로 믿는 상상의 체계가 바로 그것이다. 유발 하라리는 문명의 필수 요소인 법과 종교와 화폐 역시 허구임을 지적한다. 흔하디흔하게 여겨지는 연애도 마찬가지다. 두 사람이 사귀는 형식에 주목하면 낯선 것들이 눈에 들어온다. 옛날 성춘향과 이몽룡과 오늘날 연인의 연애가 똑같을 수 없다. 연애는 재발명된다.

언제나 새로 쓰이는 허구, 연애

연애의 재발명은 어떻게 이루어지나. 이는 세상 변화의 흐름과 닿아 있다. 이제는 아무도 그렇게 쓰지 않지만 연애에는 항상 '자유'가 붙어 다녔다. 연애가 시대 담론이자 대중 용어로 자리 잡기 시작한 1920년대 초반, '자유연애'는 당대 젊은이들의 꿈이었다. 내가 스스로 사랑할 대상을 고르고, 데이트를 하면서 사랑을 키워나가, 전통 혼례가 아닌 신식 결혼을 한다는 것은 당시 '힙hip한 주체'임을 자부한 신여성과 신남성의 표지였다. 구여성, 구남성들은 연애를 한 것이 아니었다. 부모의 강요에 따라 얼굴도 잘 모르는 사람과 혼인해 사는 이들에게 자유

연애는 바람처럼 떠도는 소문에 불과했다. 개화기를 기점으로 군상들의 서사가 펼쳐지는 소설《토지》를 봐도 그렇다. 이 작품의 초중반에서 오늘날 독자가 연애라고 여길 만한 에피소드는 찾기 어렵다. 부모가 배필을 고르면 다음 순서는 곧장 혼인이었으니까.

이 정도는 그나마 온건한 편이다.《토지》에는 윤씨 부인을 겁탈한 김개주 등 숱한 강간이 언급된다(박경리는 리얼리즘 작가다. 그는 그때의 현실을 그대로 다시 그려냈을 따름이다. 일본 식민 지배의 야만은 물론이고, 신분제의 위계, 가부장제의 폭력이《토지》에 고스란히 재현돼 있다). 이런 상황에서 연애는 상상하기 어렵다. 두 사람이 애정을 알콩달콩 속삭이는 과정이 연애가 아니라는 뜻이다. 본인의 앞날을 스스로 결정할 수 있는 주체가 된다는 점에서 연애는 혁명적인 사건이었다. 가령 한국 근대 장편소설의 효시로 평가받는《무정》을 사례로 들 수 있겠다. 이 작품을 이광수는 1917년에 썼다. 한데 왜《무정》은 한국 최초의 장편소설로 평가받는 것일까. 여러 가지 이유를 나열할 수 있겠지만, 그중에는《무정》이 모더니티의 대표격 두 가지를 전면화했다는 사실이 포함된다.

모더니티의 첫 번째는 과학에 입각한 계몽주의다. 인물들의 갈등은 홍수로 고통받는 이재민을 도와야 한다는 의식 아래 봉합된다. 그것은 곧 무지몽매한 조선 백성에게 문명의 빛을 쬐여야 한다는 인식이다. 형식은 조선 민중에게 지식을 주어야 한다며 "과학! 과학"을 부르짖는다. 미신을 배격하는 이성의 논리는 근대인이라면 마땅히 가져야 할 사고관이다.

모더니티의 두 번째는 바로 개인의 선택에 기반을 둔 자유연애다. 여전히 인습에 매여 있으나 선형—영채—형식의 삼각관계가 이를 예증한다. 일부다처가 허용되던 시절에 쓰인 소설 《구운몽》에서는 문제될 것이 없는 설정이다. 그렇지만 이것은 '연애의 시대'인 근대에는 용납될 수 없다. 너나 나나 다를 바 없는 자기 삶의 주체인데, 누가 누구에게 복속되는 구습을 어떻게 순순히 받아들일 수 있나. 연애는 중세의 강압적 질서와 불화한다.

한국 문학에만 해당되는 이야기가 아니다. 영미 문학이나 일본 문학할 것 없이 문학사에 획을 그은 근대 소설은 대부분 연애가 테마였다. 연애는 시시껄렁한 사랑놀이와 구별된다. 앞서 서술한 대로 연애가 모더니티의 대표격임을 고려하자. 그런

한에서 연애는 근대성과 결부된 자본주의의 산물이다. 짝을 발견하려고 이곳저곳을 기웃대는 노력, 짝을 맺거나 맺기 위해 같이 차를 마시고 밥을 먹고 영화를 보고 여행을 가는 행동, 기념일에 선물을 주고받는 의례는 모두 자본의 경제 활동을 촉진한다. 소비는 생산뿐 아니라 연애의 성립 조건이다. 돈을 아끼고 싶은 사람이여, 부디 연애를 하지 마시라. 그래도 연애를 하고 싶은 사람이여, 그렇다면 로맨스 소설, 드라마, 영화를 냉철하게 보시라. 우리는 이것으로 연애를 배우기 때문이다. 연애는 실전이라고 외치는 사람도 예외가 아니다. 글과 영상의 메시지는 알게 모르게 우리에게 스며든다.

좋은 로맨스 소설, 드라마, 영화만 나온다면 괜찮지만 그럴 리 없다. 그러니까 독자와 시청자로서 비판적인 태도를 취하라는 조언을 하는 것이다. 성 역할을 고정하거나, 성폭력을 묵인하는 작품에 대한 비난은 두말할 필요도 없다. 이외에 각자 다양한 판단 기준을 가질 수 있을 테다. 이를테면 실제와 유리된 연애의 환상만 자극하는 작품도 감상 목록에서 배제하기를 권한다.

아예 연애의 환상을 제거할 수는 없겠지. 그럼에도 불구하고 연애의 환상을 경계하려는 자세는 진짜 연애를 잘하기 위해서 요구되는 필수 덕목이다. "너는 이제 내 거야"(소유의 환상) 혹은 "드디어 우리는 하나가 된 거야"(일체의 환상) 따위의 언설이 중심을 이룬다면 거르시기를. 이와 같은 나쁜 로맨스 소설, 드라마, 영화를 외면해야 조금이라도 나은 작품들이 제작되고, 우리의 연애도 개선될 여지가 생긴다. 연애는 언제나 새로 쓰이는 허구니까.

망가진 사람들의 사랑이라는 기적

허구의 수만큼 연애 방식도 다종다양하다. 조건이 그럴 듯하게 갖춰진 연애만 해야 하는 것도 물론 아니다. "망가진 사람과 연애하면 안 돼." 연애 경험이 많다고 자부하는 지인이 언젠가 들려준 조언이다. 요점은 마이너스 에너지로 가득 찬 상대방을 만나면, 나의 플러스 에너지까지 잠식당한다는 얘기였다. 그런 만남은 '-100 + 10 = -90'의 등식이 될 수밖에 없다면서. 그런가 하고 고개를 갸웃했다. 반문해봤자 그럴듯한 답을 들을 수는 없을 테지. 그래서 그때 이렇게 되묻지 않았다. "한데 망가진 사람이 나라면? 대체 누가 나를 사랑해주지?" 그동안 이런 물음에 기대한 만큼의 정확한 답을 찾기는 쉽지 않았다. 그래도 야마시타 노부히로 감독의 영화 〈오버 더 펜스〉는 나름대로 근사한 답을 내놓는다.

이 작품은 하코다테를 배경으로 한 사토 야스시의 자전소설 〈황금의 옷〉을 원작으로 만들어졌다. 이전에도 하코다테를 다룬 그의 소설은 〈카이탄 시의 풍경〉(감독 구마키리 가즈요시, 2010년)과 〈그곳에서만 빛난다〉(감독 오미보, 2014년)로 영화화되었다. 〈오버 더 펜스〉는 하코다테 3부작의 마지막이다. 여기에는 사토시(아오이 유우 분)라는 여자와 시라이와(오다기리 죠 분)라는 남자가 등장한다.

낮에는 놀이공원에서, 밤에는 유흥업소에서 일하는 사토시. 그녀는 걸핏하면 새들의 구애 동작을 춤추듯 따라 한다. 어느 날인가 타조의 애정 표현을 흉내 내는 사토시를 길에서 우연히 보게 된 시라이와. 그는 웃고 넘기지만 이후 그녀와 다시 마주치게 된다.

두 사람은 서로에게 끌린다. 사토시와 시라이와가 각자 깊은 내상을 입었기 때문이다. 상처 입은 사람은 비슷한 상처를 입은 사람만 알아볼 수 있다. 사토시는 밝은 얼굴을 하고 있다.

하지만 마음에는 그보다 큰 어둠이 있다. 자신이 썩어가는 것 같다고 갑자기 자기 몸을 강박적으로 닦기도 하고, 누가 있든 말든 소리를 지르며 떼를 쓰기도 한다. 그는 분명 망가진 상태다. 양상은 다르지만 시라이와도 사정은 비슷하다. 그는 도쿄의 대기업에 다니던 회사원이었다. 그런데 지금은 아내와 이혼하고, 혼자 하코다테로 내려와 직업기술훈련학교에서 목공을 배우고 있다. 시라이와는 사토시에게 다음과 같이 속말을 털어놓는다.

"넌 스스로를 망가졌다고 말하지만 난 남을 망가뜨리는 쪽이야. 그러니까 너보다 훨씬 나빠. 나는 최악이야."

그렇게 자책하는 그도 분명 망가진 상태다. 마이너스 에너지로 가득 찬 두 사람이 만났으니, 지인의 논리에 따르면 '-100 + -100 = -200'의 등식이다. 그러나 〈오버 더 펜스〉는 제목처럼 어떤 한계선을 넘는 지점을 보여주는 영화다. 이를테면 그것은 등식의 덧셈을 곱셈으로 바꿔, '-100 × -100 = 10,000'이라는 전환의 등식을 만드는 일이다. 사토시와 시라이와가 동물원에 함께 있을 때, 하늘이 그들을 축복하듯 하얀 깃털이 쏟아져 내리는 불가사의한 장면이 거기에 해당한다. 기적은 망가진 사람들의 사랑 자체다.

당신은
희한 쪽으로

무모한 사랑의 말로

《죽음의 한 연구》의 작가 박상륭은 '아름다움'은 '앓은 다음'에야 비로소 얻어지는 것이라고 쓴 적이 있다. 이 문장을 읽은 후부터 나는 아름다움을 떠올리면 아픔이라는 단어가 같이 떠오른다. 한 번도 상처 입지 않아서 지켜지는 순수는 별로 대단하지 않다. 저기 놀이터에서 뛰노는 아이들은 얼마나 찬란하고, 또한 얼마나 독단적인가. 어린이는 아무것도 알지 못해서 티 없이 맑다. 사랑받기 위해 태어난 줄 알았던 자신이 누군가의 미움을 받을 수도 있는 존재라는 진실을 깨달을 때, 무엇이든 다 자기 손에 넣을 수 있다던 자신만만함이 세상의 벽에 부딪혀 산산이 깨어질 때, 그제야 아이는 어른이 된다. 무지에서 비롯된 귀여움이 고통이 빚어내는 아름다움으로 바뀌는 성숙이다.

어른과 꼰대를 분명히 구별해두고 싶다. 둘 다 아픔을 겪는다는 사실은 똑같다. 하지만 한쪽은 아픔을 아름다움으로 승화하고, 다른 한쪽은 아픔을 타인에게 떠넘기려 한다는 점이 다르다. 어른은 앓은 다음의 삶을 창조해내는 사람이고, 꼰대는 앓음을 전가하려는 사람이다. 그러니까 나는 미未성년이 아니라 비非성년을 좋아한다. 미성년은 아직 어른이 되지 못한 사람이나, 내가 멋대로 내린 정의지만 비성년은 어른이 아니라 꼰대가 되기를 거부한 사람이다. 법적으로 나는 성인이지만 스스로 보기에 어른은 아닌 듯하다. 여전히 앓고만 있을 뿐, 앓은 다음의 아름다움을 갖지 못한 탓이다. 어른은 되기 어렵고, 꼰대는 되기 싫으니까 아무래도 나는 앓음의 비성년으로 살 수밖에 없을 것 같다.

어떻게 계속 앓으며 살지는 모르겠다. 나이를 먹으면 아픔을 다루는 방식이 능숙해질 줄 알았다. 그런데 예전이나 지금이나 당황스럽기는 마찬가지다. 두 가지 이유에서 그렇다. 하나는 과거에서 배울 점을 찾지 못하는 나의 어리석음이다. 이건 명백히 내 탓이니까 핑계를 댈 수 없다. 한데 다른 하나에 있어서는 도무지 어쩔 수가 없다고 자꾸 변명을 하게 된다. 아픔은 항상 새로운 얼굴로 내 앞에 나타나기 때문이다. 매번 비슷한 모습의 아픔과 마주한다면야, 아무리 멍청한 나라도 일방적으로 당하지만은 않을 것이다. 나름대로 반격을 했을지도 모른다.

그렇지만 내가 경험한 바를 두고 보건대, 아픔은 하나의 패턴이 아니었다. 각기 다른 여러 모양과 빛깔을 지니고 있다. 익숙해 질 수 있는 아픔 따위 없다.

　'좋은사람 콤플렉스'도 나를 끊임없이 아프게 하는 원인 이다. 누구에게라도 좋은사람으로 비춰지고 싶다는 욕망이 나를 옭아매고 있다. 언제부터 좋은사람 콤플렉스를 갖게 되었는 지는 잘 모르겠다. 무의식적으로 약삭빠른 결정을 한 것이겠지. 이렇게 사는 편이 인생을 보다 쉽게 사는 길이라고. 정말 그랬 다면 자신이 더욱 싫어지겠지만, 일찌감치 나는 그런 계산을 끝 냈는지도 모른다. 간교도 나의 진심이다. 일부러 다른 사람을 속이려고 작정한 게 아니다. 이미 몸에 밴 채로 자연스럽게 말 하고 행동한다. 무의식적으로 그렇게 돼버린다. 한 덩어리로 뭉 쳐서 어느 것이 가짜이고, 어느 것이 진짜인지 나도 구분할 수 가 없다.

　이를테면 내가 다른 사람을 대할 때의 태도─당신을 존 중한다는 깍듯한 예의는 당신을 경계한다는 반증이기도 하다. 타인으로부터 조금도 상처받고 싶지 않다는 소심함이 야기한 삐뚤어짐이다. 완전무결하게 나를 지키려는 욕심이 도리어 나를 괴로움에 시달리게 한다. 누군가가 나를 황폐하게 한 것이 아니라, 내가 홀로 폐허를 만든 것이다. 누구에게든 좋은 사람으로 기억되고 싶었는데, 정작 스스로에게 좋은 사람일 수는 없었다. 어설픈 가식은 본인에게는 통용되지 않는다. 실제를 알고 있는 자신을 기만하기는 힘들다.

　나는 불완전한, 결핍투성이 인간이다. 그래서 그것을 채워줄 사람을 찾아 늘 헤매고 다녔다. 자신의 반쪽이 언젠가 나타나기를 기다리고 있다고 말하는 사람들이 있다. 원래는 하나였던 인간이 둘로 분리되고 만 탓에, 그 상대를 원할 수밖에 없는 것이라고 말이다. 그리스 신화에 나오는 에피소드 중 하나인데, 나는 이 이야기를 좋아한다. 합리성으로만 놓고 본다면 사랑은 성호르몬의 작용일 뿐이라는 과학적 입장이 제일 그럴 듯하다. 그런데 나를 납득시키는 쪽은 과학보다 신화다. 사랑에 대한 환상—믿음은 이성으로만 해명될 수 있는 게 아니다. 그렇지 않다면 자기가 추구하는 사랑을 위해 기꺼이 파멸의 길을 택한 사람들을 우리가 무슨 수로 이해할 수 있을까. 이상하다거나 미쳤다는 말은 그들에게 부당한 비난이 되리라.

나는 왜 나와 그를 힘껏 껴안아주지 못했는가

여기 한 여자를 맹목적으로 사랑했기에 법을 어기는 것 따위 아랑곳하지 않은 채 어떤 일이든 할 수 있었고, 끝내는 본인이 이룬 모든 것을 내던진 남자가 있다. 나는 그가 진정한 비성년의 사랑을 실천한 사람이라고 생각한다. 그가 밀주를 유통시켜 졸부가 된 까닭, 뺑소니 누명을 쓰고 죽임을 당한 까닭, 그 바탕에는 그녀를 향한 들뜬 열망이 가득하다. 남자의 이름은 바로 '제이 개츠비', 세상에는 《위대한 개츠비》로 널리 알려진 작품의 주인공이다.

이 작품은 개츠비의 삶을 통해 낭만적 사랑에 인생을 내건 사람의 무모한 면면을 드러낸다. 어떤 사람의 눈에는 그가 한 일이 단지 헛된 것으로만 보일 수도 있겠다. 한데 내 눈에는 그가 한 일이 헛된 만큼 찬란한 것으로 비친다. 어쩌면 개츠비는 데이지를 오래전 상실한 자기의 반쪽이라고 여겼는지도 모르겠다. 사랑으로 가는 험난한 여정을 온몸으로 받아들였으므로, 비로소 그는 위대해진 것이 아닐까. 개츠비가 데이지의 부두 끝에서 발견한 '초록색 불빛'이 그녀에게 가는 지시등이 되었을 것이다. 그래서 이 책의 마지막 구절을 나는 깊이 새긴다.

개츠비는 그 초록 불빛을 믿었다. 시간이 지날수록 우리 앞에서 희미해져 가는 가슴 벅찬 미래를 믿었다. 그때는 그것이 우리에게서 달아났지만 무슨 상관이 있겠는가. 내일은 더 빨리 달리고, 더 멀리 팔을 내뻗으면 된다⋯

그러다 보면 맑게 갠 아침이⋯.

그리하여 우리는 끊임없이 과거로 떠밀리면서도 계속 앞으로 나아가는 것이다. 마치 흐름을 거슬러가는 배처럼.

평생토록 한 사람만을 사랑한 제이 개츠비와 달리, 내 마음속에는 지금까지 사랑했던 모두가 각양각색의 흔적으로 남아 있다. 그들과의 만남은 하나하나 아릿하면서 소중한 과거다. 그러나 교제했던 상대방은 그렇게 여기지 않을 확률이 매우 높다. 옛사랑의 원망으로부터 나도 자유롭지 못하다는 것을 안다. 왜 나는 (차마 말할 수 없는) 무수한 잘못을 저질러놓고 항상 늦은 후회를 하는 걸까. 돌이켜 보면 나의 거듭된 실수는 잃어버린 반쪽만을 간절하게 바랐을 뿐, 남아 있던 반쪽, 그러니까 자기 자신을 있는 그대로 사랑하지 않았기 때문인 듯싶다. 내가 먼저 나를 다독이고 보듬었어야 했는데 그렇게 하지 못했던 탓이다.

상대방이 나를 안아주지 않은 것이 아니라, 상대방이 나를 안을 수 없도록 제멋대로 행동했다. 어떻게 하면 더 이상 이러지 않을 수 있을까.

　　나는 내가 낸 이 막막한 문제를 풀지 못한 채 지난날을 두리번댄다.

사랑은
중력이다

역학적 사랑의 공식

'힐링'이라는 말이 함부로 쓰이던 때가 있었다. 지금은 수 그러든 것처럼 보이지만, 아직도 힐링 비슷한 이야기들이 우리 사회를 여기저기 유령처럼 떠돌고 있다. 아무 데나 힐링을 갖다 붙이는 사람들과는 별로 얼굴을 맞대고 싶지 않다. 그들은 힐링 과 연결되는 대상을 죄다 아픈 것으로 만들어버린다. 아프지 않 은 사람도 자꾸 아픈 사람 취급을 한다. 내가 보기에는 힐링 없 이 살 수 없는 그들이 더 아픈 것 같다. 치유나 치료로 번역되는 힐링은, 두 사람 사이를 그것을 해주는 의사와 그것을 받는 환 자의 관계로 설정한다. 시혜자와 수혜자의 차별적인 위계다.

누구의 위도, 누구의 아래도 서고 싶지 않은 사람에게 필 요한 것은 힐링이 아니라 위로다. 위로는 의사가 환자에게 일방 적으로 베푸는 의료 행위가 아니다. 동등한 위치에 서 있는 사 람이 나에게 건네는 진심 어린 말과 행동이다. 친구가 따뜻한 격려와 함께 가볍게 안아주는 것만으로도, 우리는 인생을 살아 갈 새로운 기운을 얻는다. 마음 맞는 친구의 위로는 유명 인사가 전하는 힐링보다 힘이 세다. 특히 사랑하는 사람의 위로는 무엇과도 바꿀 수 없는 소중한 것이다. 사랑의 속성 자체가 모든 제약을 뛰어넘는 것이기 때문에 그렇다. 사랑의 문법은 '이라면'이라는 가정이 아니라, '그럼에도 불구하고'라는 모든 한계를 초월하는 역접과 결부되어 있다.

"네가 정규직에다 집과 차가 있고, 키도 크고 잘생겼다면, 나는 너를 사랑할 수 있을 텐데"라는 고백은 사실 그 사람을 전혀 사랑하지 않는다는 뜻이다. 조건을 따져 사랑하기를 거부하고, 사랑 그대로의 사랑을 긍정하는 사람은 이렇게 말한다. "네가 비정규직에다 집도 차도 없고, 키도 작고 잘생기지도 않았지만, 그런 것과 상관 없이 나는 너를 사랑해."

일본에서는 요시모토 바나나만큼이나 유명한 소설가 야마다 에이미가 쓴 《돈 없어도 난 우아한 게 좋아》에 나오는 지우와 사카에도 사랑 그대로의 사랑을 하는 사람들이다. 마흔 초반에 만나 연애를 시작한 이들은 여느 청춘보다 더 알콩달콩하다.

지우는 사랑의 밀고 당기기는 하지 않는다. 그녀는 그저 좋아하는 사람과 '베리 심플'하게 함께 있기를 바랄 뿐이고, 그렇게 서로의 존재만으로 '베리 심플'하게 행복할 수 있기를 소망한다.

지우는 꽃가게에서 일한다. 그녀는 인간의 슬픔과 기쁨을 모두 꾸미는 꽃을 파는 일이 묘한 직업 같다고 여긴다. 지우는 '요람에서 무덤까지'라는 영국 노동당 슬로건과 꽃가게의 슬로건이 똑같다는 사실에 새삼 놀란다. 꽃은 아름다움의 상징이다. 그렇다면 삶과 죽음에는 언제나 꽃— 아름다움이 함께 있어 그나마 다행한 일이라고 할 수 있다. 그런 아름다움을 불러일으키는 것 중 하나가 바로 사랑이다. 지우처럼 그냥 '베리 심플'하게 나랑 같이 있기만 해도 행복하다면 그 자체로 충분한 것이 사랑일 테니까. 그것은 상대를 나와 똑같이 만드는 게 아니라, 상대와 내가 각자의 방식대로 공존하면서 둘로 남는 사랑이다.

당신을 사랑한다는 선언과 실천을 통해서만 사랑은 지속된다. 지우와 사카에도 남들이 뭐라고 하든 자신들만의 사랑을 속삭인다. 그래서 다른 사람들은 아랑곳하지 않고 이 세상에 자기들만 사는 것처럼 군다는 소리까지 듣는다. 그런데 그러면 좀 어떤가. 사랑은 생존이나 이해관계를 넘어서는 세계를 창조하려는 행위다. 세상의 기준을 따르느라 사랑을 퇴색시키는 것보다, 사랑의 기준에 따라 세상을 바라보는 편이 낫지 않은가. 지우와 사카에는 사회적 제도에 사랑을 끼워 맞추지 않는다. 마흔이 넘어 만났지만 이들은 빨리 결혼해야겠다는 조바심을 느끼지 않는다.

지금 사랑을 하지 않아도 괜찮다

《사랑의 단상》에서 롤랑 바르트는 반문한다. "왜 지속되는 것이 타오르는 것보다 더 낫단 말인가?" 복잡한 논의가 필요한 이야기지만, 단순하게 보면 여기에서 지속되는 것은 결혼이고, 불타오르는 것은 사랑이다. 이 순간 당신을 원한다는 갈망보다, 영원히 당신과 함께하겠다는 서약이 우위에 있다는 상식에 바르트는 의문을 제기한다. 그는 사랑의 완성이 결혼이라는 명제 따위 믿지 않는다. 사랑은 사랑이고, 결혼은 결혼이며, 둘 사이에는 우열이 성립하지 않는다. 이런 사실, 입 밖으로 꺼내지는 않아도 실은 결혼한 모두가 체감하고 있지 않나?

결혼은 사랑을 평생토록 보증하지 않는다. 결혼은 그 사람을 가졌다는 방심으로 이어지기 쉽다. 그에 비해 사랑은 그 사람을 위해 마음을 다하는 헌신이다. 사카에는 말한다. 당신이 아무것도 볼 수 없는 세계에 갇힌 것처럼 느껴질 때 나에게 오라고. 그러면 내가 달이 되어 당신의 어둠을 밝히고, 당신이 굴러다닐 수 있을 정도로 기운 나게 해주겠다고 말이다. 이렇게 위로해주는 연인을 어떻게 사랑하지 않을 수 있을까.

지우가 보기에 사카에는 고독하고, 태평하고, 우아한 사람이다. 세련된 것보다 우아한 것을 좋아하는 그녀는 사카에의 우아함에 반했다. 지우가 생각하는 우아함이란 어디에도 구속받지 않아 고독한 듯 보이는 태평한 상태다. 이러한 우아함을 알아볼 줄 아는 지우 역시 우아한 사람이다. 다른 사람들이 보기에는 철없지만, 실은 우아한 두 사람의 사랑은 이들만의 독특한 시간관과 연관된다. 지우와 사카에는 누구에게나 강요되는 폭력적 시간을 거부한다. 그렇기 때문에 두 사람은 A에서 B로만 이동하는 닫힌 운동과는 구별되는, 어디라도 나타날 수 있는 특별한 속도를 갖는다.

운동과 속도를 나는 이런 식으로 구분한다. 삶에 위계와 순서가 정해져 있다는 듯, 높은 곳을 향해 예외 없이 빠르게 달리기를 촉구하는 것은 운동에 속한다. 반면 삶에 위계와 순서 따위는 없으므로 달려야 할 까닭도 없으며, 천천히 걷거나 가만히 있어도 무방하다는 것은 속도에 속한다. 아인슈타인의 상대성이론은 두 가지 명제로 구성된다. 하나는 빨리 움직일수록 시간은 느리게 흐르고, 질량은 증가하며 길이는 줄어든다는 특수상대성이론. 다른 하나는 엄청난 중력이 작용하면 주변의 시공간이 휘고, 그 경로를 따라 빛도 움직인다는 일반상대성이론. 둘을 종합한 상대성이론은 공간이 수축할 수 있으며, 저마다의 시간도 객관적으로 달라질 수 있다는 원리를 도출한다.

갑자기 상대성이론이라니…, 뜬금없다고 여길지도 모르겠지만 이와 같은 바탕 위에 다음과 같은 명제를 내세우고 싶었다. '사랑은 중력이다.'

하나로 뭉뚱그려진 시간은 사랑과 만나, 잠시나마 낱낱의 강도로 구부러지고 개개의 시간으로 되돌려진다. 지금 사랑을 하고 있지 않아도 괜찮다. 책을 통해 얻는 간접 경험이라는 것도 있다. 《돈 없어도 난 우아한 게 좋아》를 읽으며 지우와 사카에의 사랑에 웃음 지었던 꼭 그만큼, 나는 세상에 휘둘리던 시간을 자신만의 시간으로 다시 가져올 수 있었다. 그러는 동안 내 삶도 조금은 괜찮아 보였다.

매일
그대와

공존하는 사랑의 결정

우스갯소리처럼 흔히 쓰는 말이 있다. 그중 하나가 '인생은 독고다이獨孤DIE'인데, 인생의 비정한 단면을 냉소적으로 표현한 문구다. 외롭게 살다 혼자 죽을 수밖에 없는 인생. 사실 이 말이 완전히 틀린 것은 아니다. 인생은 분명 그런 면을 가지고 있다. 하지만 인생 전체가 그렇다고 보기는 어렵다. 인생은 독고다이일지도 모르지만, 인생이 독고다이가 되지 않도록 우리는 애쓴다. 고독에 쉽게 체념하기보다, 공존을 위해 어렵게 노력하는 것이 더 나은 삶이다. 현실적 낭만주의자를 자처하는 나는 그렇게 생각한다. 특히 요즘 한국 사회에 파문을 일으킨 여러 정치적 사회적 사건을 겪으면서, 혼자가 아닌 다 같이 사는 삶이 훨씬 가치 있다는 사실을 점점 깨닫게 된다.

농사일을 하며 공존의 가치를 강조한 전우익 선생도 이런 말을 한 적이 있다. "혼자만 잘살믄 무슨 재민겨?" 그러게, 혼자만 잘살면 무슨 재미가 있을까. 〈내 어깨 위 고양이, 밥〉이라는 영화가 있다. 이 작품은 제임스와 고양이 밥Bob의 이야기다.

원래 제임스를 수식하는 말들은 이랬다. '마약중독자, 노숙자, 길거리 공연으로 생계를 겨우 이어가는 연주자.' 그런데 밥이 그에게 오고 나서, 제임스를 수식하는 말들은 조금씩 긍정적으로 바뀌어간다. 우연히 그와 마주쳐 같이 살게 된 갈색 털을 가진 길고양이가 변화의 동력이 돼주었다. 이것은 실제 영국에서 있었던 일이고, 지금도 진행 중인 삶이다.

영화는 제임스가 밥과의 만남을 기록한 에세이 《밥이라는 이름의 길고양이Street Cat Named Bob》를 원작으로 한다(한국에서는 '내 어깨 위 고양이 Bob'이란 제목으로 출간되었다). 2012년 출간되어 영국에서 베스트셀러가 된 책이다. 이를 각색해 영화로 만든 로저 스포티스우드 감독은 제임스와 밥에 대해 이렇게 말한다. "제임스와 밥은 단순한 교감을 뛰어넘어 서로에게 힘이 됐지요." 별것 아닌 말 같지만, 그는 상호 영향을 끼치는 관계의 핵심을 지적하고 있다.

제임스에게 다가온 행운은 분명 밥이다. 세상으로부터 투명인간 취급을 받던 그는 거리 공연에서 곁을 지켜주는 고양이 밥 덕분에 자기 존재를 되찾았다. 동시에 밥에게도 제임스라는 행운이 다가왔다. 그는 상처입고 굶주린 밥을 돌봐준 유일한 사람이었다. 서로는 서로를 이전보다 더 나은 삶으로 이끌어 준다.

제임스의 표현을 빌리면 운은 '두 번째 기회'다. 제임스와 밥은 서로에게 두 번째 기회가 되어줬고 그것을 놓치지 않았다. 함께 있는 '우리'는 앞으로 닥칠 문제의 돌파구가 되어 준다. 이렇게 운은 타자의 형상, 때로는 고양이의 모습을 하고 온다. 그를 외면하고 스스로에게만 골몰할 때, 운도 나를 외면한다(밥은 2020년 6월 무지개다리를 건넜다. 제임스는 이렇게 밥을 애도했다. "밥은 나에게 친구 이상이었습니다. 그는 내 곁에서 내가 잊고 있던 삶의 방향과 목표를 찾아줬어요. 밥 같은 고양이는 다시없을 겁니다.").

공존을 위한 삶의 결정적 형태가 사랑이다. 살다 보면 감당하기 어려운 일을 많이 겪게 되지만, 사랑만큼 풀리지 않는 수수께끼 같은 것도 없다. 물론 부모 자식 간의 사랑이나 신과 연관된 사랑도 있다. 그렇지만 우리의 화두는 그런 것이 아니다. 모두의 관심사가 집중되는 사랑은 바로 연인이 나누는 연애니까. 잘 모르던 두 사람이 만나 누구보다 가까운 사이가 된다는 것은 실로 놀라운 일이다. 그러다가 헤어지면 남보다도 못한 불편한 관계가 된다는 사실도 곰곰 따져보면 이상하다. 그래서 사랑에 대해서 수많은 사람이 이런저런 말을 남길 수밖에 없던 것 같다. 우리가 즐겨 듣는 가요도 대부분 사랑(의 시작이나 이별)을 노래한다.

사랑을 하는 까닭은 타인은 지옥이 아니기 때문이다

사랑에 대한 설이 많다는 것은 사랑이 쉽게 풀어낼 수 없는 테마임을 방증한다. 사랑과 결부되는 아픔이 우리를 괴롭히지 않는다면, 한 해 술 소비량도 절반 이하로 뚝 떨어지지 않을까 싶다. 술 마시고 옛 애인에게 "자니?"라는 메시지를 보내거나, 전화해서 무안을 당하는 경우도 확 줄어들겠지. 그러니까 이왕이면 타인과의 공존─사랑을 '그냥' 하기보다, 사랑을 '잘' 했으면 좋겠다. 적어도 상대방과 나를 불행하게 만드는 사랑은 하지 말아야지. 그러기 위해 전문가에게 조언을 구해볼 수 있을 테다. 가령 '닥터 러브'라는 별명을 가진 알랭 드 보통은 어떨까.

한국에서도 널리 읽힌《왜 나는 너를 사랑하는가》를 보통은 스물셋에 썼다. 이후 그는《우리는 사랑일까》와《키스 앤 텔》을 발표하며 사랑의 미로를 탐색해왔다. "소설은 인물의 인식과 심리 안팎을 자유로이 오가며 다각도로 살필 수 있다는 점에서 사랑을 말하기에 가장 적합한 형식이며, 사랑에 대해 충분히 쓸 것이 생기면 소설을 쓸 것"이라던 보통은 2016년 후속 작을 냈다.《낭만적 연애와 그 후의 일상》이라는 장편소설이다. 원제목은 'The Course of Love', 즉 '사랑의 과정'이다. 이 책에서 알랭 드 보통은 에든버러의 평범한 커플 라비와 커스틴을 통해, 낭만적 사랑의 시작과 이후의 결혼 생활을 다룬다.

'낭만적 연애와 그 후의 일상'이라는 한국어판 제목은 소설의 메시지를 함축적으로 담아낸다. 결혼을 하고 일상을 공유하면서 라비와 커스틴은 많은 부분에서 충돌하고 갈등한다. 보통은 두 사람이 결혼을 한 후 겪는 걱정과 권태와 바람과 증오의 과정이 진짜 러브스토리라고 말한다. 그는 감정으로서의 사랑보다, 기술로서의 사랑을 강조한다. 우리가 기억해둘 만한 사랑에 관한 그의 성찰이 이 책 곳곳에 쓰여 있다.

예컨대 두 사람이 관계를 지속하기 위해서는 처음 이들을 불 지폈던 낭만적 열정에서 빠져나와야 한다는 것, 달콤함에 빠져 물불 가리지 않았던 맹목적 감정을 포기할 필요가 있다는 것 등이다. 더불어 보통은 때때로 우리가 어떤 면에서는 다소 제정신이 아닌 존재임을 인정할 필요가 있음을 이야기한다. 파트너만이 아니다. '나'도 그렇다.

복잡한 사랑의 문제를 완벽하게 푸는 것은 불가능하다. 다만 사랑을 하는 우리가 '다소 제정신이 아니라는 것'을 인정한다면, 상대방도 나도 서로를 덜 고통스럽게 하지 않을까. 애초부터 불완전한 인간끼리의 사랑에 완전함을 기대할 수는 없다. 보통의 말마따나 결혼은, 상대방이나 내가 누구인지 서로 모르는 노름판에서 둘 다 잭팟을 터뜨릴 수 있다고 믿는 헛된 믿음에 가까울지도 모른다. 그것은 도박이라서 한없이 매혹적이다. 질 것을 예감하면서도 우리는 거기에 발을 들인다.

장 폴 사르트르라는 프랑스 실존주의 철학자가 이런 식의 말을 한 적이 있다. B와 D사이에 있는 C가 인생이라고. 이때 B는 탄생Birth, D는 죽음Death을 의미한다. C는 선택Choice이다. 탄생과 죽음은 사람이 어떻게 할 수 없는 숙명이다. 이미 정해진 룰 같은 것이다. 모든 존재는 태어나면 죽을 수밖에 없다. 우리가 살고 있는 지구나 우리에게 빛을 주는 태양도 예외가 아니다. 그렇다면 문제는 하나다. 태어나서 죽을 때까지 순간순간을 어떻게 살 것이냐 하는 점이다. 그러므로 우리에게 선택이 중요해진다. 혼자 외롭게 살다가 죽을지, 더불어 살다가 죽을지는 본인에게 달려 있다.

자기 한몸 건사하기도 힘든데, 다른 사람과 함께 살라니…, 오늘날 시대에 역행하는 이상한 소리처럼 들릴지도 모르겠다. 그러나 다른 사람이 있어야 자신도 있을 수 있음을 잊어버려서는 안 될 것 같다.

　　서로에게 우리 각자는 다른 사람일 뿐이다. 타인이 지옥이 아니라, 오직 나만 있는 세상이 지옥이다. 사랑은 그 지옥을 벗어나는 제일 확실한 길이라고 믿는다. 물론 그것이 또 다른 지옥이 되는 위험을 전적으로 배제할 수는 없다. 그래도 나는 고립보다는 사랑에 스스로의 운명을 걸고 싶다.

나와 너는
어떻게 증명되는가

극한 사랑의 탐색

줄임말로 쓰다 보니, SNS가 '사회적 관계망을 형성하는 서비스Social Network Service'를 뜻한다는 것을 자주 잊는다. 그러고 보니 SNS의 대표적 플랫폼 페이스북이 추구하는 목표도 "세계 모든 사람들의 연결"이다. 왜 그래야 하는지에 대해서는 곰곰 따져볼 점이 많지만, SNS의 융성은 인간이 사회적 동물이라는 오래된 명제와 연관되는 것 같다. 원래 우리는 다른 사람과의 관계 맺기를 통해 자기정체성을 확립해왔다. 오늘날 이와 같은 현상은 더 심화된 듯 보인다.

지금은 모든 것을 의심한 끝에 생각하는 자기 존재를 발견하는 것이 아니라, 그러한 행위를 알아주는 타인이 있어서 자기 존재를 믿는 시대다. 철학자 데카르트가 주장한 "나는 생각한다. 고로 나는 존재한다", 코기토 에르고 숨Cogito ergo sum은 옛말이지만, SNS의 등장으로 진짜 옛말이 되었다. 인정 투쟁의 장인 SNS에는 '무플 공포증'이 만연해 있다. SNS 이용자들은 자신의 게시물에 비난 댓글이 달리는 것보다, 아무 댓글도 달리지 않는 것을 더 무섭다고 여긴다. 그럴 때 자기 존재를 송두리째 부정당하는 느낌이 들기 때문이다.

타인에 대한 무의식적인 인정 욕구는 자기정체성을 결코 혼자 만들 수 없다는 사실을 증명한다. 이것을 사랑의 문제와 관련지어 소설로 쓴 작가가 있다. 우리에게는《참을 수 없는 존재의 가벼움》으로 널리 알려진 체코 출신의 소설가 밀란 쿤데라다. 그는 아예 '정체성L'Identit'이라는 제목으로 장편소설을 발표했다. 프랑스에서 1998년 출간되어 베스트셀러에 오른 이 작품은 한국에도 같은 해 번역 소개됐다. 당시 쿤데라는 인터뷰에서《정체성》을 통해 "우리 시대 남녀의 사랑이 존재할 수 있는 양태의 극한을 추구했다"고 밝혔다.

《정체성》은 51개의 짤막한 장들로 이루어져 있다. 두 사람이 등장한다. 한 사람은 샹탈, 다른 한 사람은 장마르크다. 이야기는 남녀의 시점이 교차하는 방식으로 진행된다. 다섯 살된 아들이 죽고 샹탈은 남편과 이혼한다. 그녀는 광고 회사에 취직해 지금은 애인인 장마르크와 살고 있다. 어느 날 샹탈은 남자들이 자신에게 더 이상 관심을 가지지 않는다는 사실에 서글퍼한다. 샹탈의 마음을 풀어주고 싶은 장마르크는 그녀를 기쁘게 할 방법을 생각해낸다. '시라노'라는 가명으로 샹탈에게 사랑 고백을 담은 편지를 보내는 것이었다. 어떤 남자인지도 모르는 사람에게서 연서를 받은 샹탈은 설렘을 느낀다. 그런 그녀를 보며 장마르크는 오히려 묘한 질투심에 사로잡히고 만다.

처음에는 그저 의기소침해진 샹탈을 즐겁게 해주려는 장난에 불과했다. 장마르크는 편지를 통해 그녀가 가진 매력을 하나하나 꼽음으로써 샹탈이 자부심을 되찾을 수 있도록 노력했다. 그러나 시라노로 분해 벌인 자신의 행위가 그녀에게 영향력을 발휘할수록 그는 역설적인 감정에 사로잡히게 되었다. 장마르크는 자신의 편지를 받은 이후 즐겁게 꾸미며 쾌활해진 샹탈의 모습을 보고 행복했지만, 동시에 자신이 만들어낸 상상의 인물인 시라노에게 질투를 느꼈다.

이성에게 더 이상 주목받지 못한다고 침울해하는 샹탈은 자기정체성의 확신을 외부적 요인에 두는 사람이다. 그렇지만 그녀만 그런 것은 아니다. 샹탈을 즐겁게 해주기 위해 시라노 행세를 하는 장마르크 역시 자기정체성을 스스로 형성해내지 못하는 사람이다. 그는 자신의 삶을 샹탈에게 의존하고 있다.

그래서 아이러니하게도 본인이 창조해낸 가상의 캐릭터를 미워하기까지 한다. 사실 타인에게 기대는 것 자체가 문제라고 보기는 어렵다. 누구도 필요로 하지 않고 홀로 세상을 살 수 있다는 마음이야말로 오만일 테니까. 중요한 것은 나라는 사람이 그렇게 자명한 존재가 아니라는 점을 받아들이는 마음이다.

이런 명제는 내가 사랑하는 당신에게도 적용된다. 나는 당신을 사랑한다고 말하지만, 막상 거기에서 당신의 실체는 찾을 수 없다. 설령 당신이 내 앞에 있어도, 내가 생각하는 당신은 여기에 있지 않다. 온전한 당신은 부재한다. 그저 당신의 부분과 흔적을 더듬으며 나는 당신을 재구성해낼 뿐이다. 그러니까 사랑의 길은 이해보다는 오해로 얽힌 미로일 수밖에 없다. 어느 쪽이 당신이고 나인가 하는 구분은 흐려진다. 애초에 나라는 1인칭과 너라는 2인칭의 규정부터 상대적이지 않은가. 1인칭과 2인칭은 구체적인 상황을 제외하고서는 의미를 갖지 못할 뿐더러, 말하는 사람과 듣는 사람은 장면과 용법에 따라 역할을 달리한다.

네덜란드 판화가 에셔의 작품 〈손을 그리는 손〉처럼 우리는 서로의 존재를 그리는 것인지도 모른다. 이 그림에서는 너의 손과 나의 손이라는 경계가 무화돼 있다. 바로 이 지점에서 모순을 담지한, 진리의 단면을 내포한 역설이 발생한다. 나는 당신이기도 하고, 당신은 나이기도 하다는 명제다. 이렇게 우리는 같이 얽히고 스며들며 복잡한 정체성을 구축해간다. 나는 당신이 있어야, 당신은 내가 있어야 한다. 그래야 세상에 존재할 수 있고, 자기 존재를 증명할 수 있다. 이것을 사랑이라고 부르지 않을 도리가 없다. 밀란 쿤데라가 《정체성》을 사랑의 담론으로 썼던 이유도 여기에 있는 것 같다. 상대적이며 절대적으로 우리는 서로에게 기대고 있다.

타이밍이 (안) 중요한 건가봐

사건과 사고의 차이

우리가 자주 쓰는 단어들이 그렇듯이, 타이밍의 뉘앙스는 맥락에 끼워 맞춰보면 대충 파악할 수 있다. 하지만 이게 무슨 뜻인지 곧바로 명쾌하게 답하기는 어렵다. 이럴 때는 사전을 찾아보는 게 제일이다. 《표준국어대사전》 뜻풀이는 다음과 같다.

1. 동작의 효과가 가장 크게 나타나는 순간. 또는 그 순간을 위하여 동작의 속도를 맞춤.
2. 주변의 상황을 보아 좋은 시기를 결정함. 또는 그 시기.

외국어였으나 권위 있는 국어사전에 등재될 정도로 빈번하게 사용하는 외래어가 된 타이밍. 타이밍을 맞춰야 하는 일들이 세상에 그만큼 많은가 싶기도 하다. 장범준과 폴킴도 〈사랑은 타이밍〉을 그래서 만들어 불렀던 모양이고. 세상만사 타이밍이 다들 중요하다지만 그 말을 즉각적으로 체감하기에는 아무래도 사랑이 제일이다. 이루어지는 사랑 말고 어긋나는 사랑이 특히 더 그렇다. "시간적으로 (내가) 원하는 순간에 (상대방이) 동작을 맞추는 일"은 사랑의 영역에서 드물게 일어난다.

이런 예는 숱하다. 나는 당신에게 호감이 있는데 당신은 짝이 있다거나, 당신은 나를 좋아하는데 나는 당신의 속내를 모른다거나, 당신과 내가 서로를 좋아하는데 각기 다른 해외 근무지로 발령이 났다거나 등은 전부 타이밍이 안 맞는 사례다. 타이밍이 엇갈리면 견디기 힘들게 애가 탄다. 나도 적잖이 겪어봐서 하는 말이다.

한국어사전들의 뜻풀이를 바탕으로 나름의 경험에 입각해 타이밍을 이렇게 정의할 작정이다. '허희 사전'에 의하면 타이밍의 뜻풀이는 다음과 같다.

1. 행위의 의도와 결과가 우연하게 일치되는 상황.
예) 학생이 시험공부 띄엄띄엄하고 시험 잘 보기를 바랐는데, 성적이 잘 나온 상황에서 씀.
"타이밍이 좋았으나 결국 안 좋아진다."

2. 행위의 의도와 결과가 우연하게 불일치되는 상황.

예) 학생이 시험공부 열심히 하고 시험 잘 보기를 바랐는데, 성적이 잘 나오지 못한 상황에서 씀.

"타이밍이 나빴으나 결국 좋아진다."

타이밍을 뭐 이따위로 적어놨냐고 할지도 모르겠다. 입장이 불리해지니까 갑자기 높임법 쓴다고 여길 수도 있겠지만, 잠깐만, 변명할 기회를 주십시오. 이것은 제 체험에 근거한 것일 뿐입니다. 그리고 나는, 아니 저는 타이밍의 저 뜻풀이가 오류가 없다고 생각합니다.

타이밍은 근시안적으로만 해석해서는 곤란하다. 홍상수 감독의 영화 제목처럼 '지금은 맞고 그때는 틀리다'라는 명제가 성립할 수 있기 때문이다. 물론 그 반대도 성립할 수 있다. 타이밍 역시 마찬가지다. '행위의 의도와 결과가 우연하게 (불)일치되는 상황'에 나쁘고 좋은 타이밍은 혼재돼 있다. 앞에 나온 예문들을 살펴보자.

"타이밍이 좋았으나 결국 안 좋아진다." 바야흐로 내가 까까머리였던 중학교 1학년 때 일이다. 당시 사춘기가 와서 그랬는지 괜히 싱숭생숭하고 공부할 의욕도 없었다. 그러니 코앞에 닥친 시험을 잘 못 볼 것이라 생각했지만 솔직히 은근히 요행을 바라기도 했다.

한데 웬걸, 진짜로 시험을 잘 봤다. 막 중학교에 입학한 학생들이 공부에 자신감을 잃을까봐 문제 난도를 낮춘 선생님들의 배려와. 아무 것이나 찍은 답이 공교롭게 모두 정답이었던 기적이 겹친 덕이었다. 그러니까 '학생이 시험공부 띄엄띄엄하고 시험 잘 보기를 바랐는데, 성적이 잘 나온 상황'은 실제 나의 경험담이다. 하지만 이후에 내가 어떻게 됐을지는 뻔히 예측할 수 있을 것이다. 나는 얻어걸린 성취를 실력으로 착각했고, 자만심에 빠져 애쓰지 않은 자에게 두 번의 요행은 찾아오지 않았다.

타이밍은 안 맞고 인생은 변해가네

"타이밍이 좋았으나 결국 안 좋아진다."라는 명제는 나의 예시에만 부합하는 것 같지는 않다. 어린 시절 큰 성공을 거두는 '소년등과少年登科'가 인생 전체를 놓고 보면 좋지 않다는 평도 찾아보면 많다. 동양학 칼럼니스트 조용헌도 〈소년등과하면 생기는 문제〉라는 글에서 그런 이야기를 했다. 이를테면 빨리 출세하면 타인을 얕잡아보게 되고, 고생을 겪어본 적이 없었기 때문에 사람을 제대로 헤아릴 수 없게 되며, 무엇보다 인간의 운은 언제나 좋을 수 없다는 것이다.

소년등과 못한 나로서는 다행이다 싶다. 바꿔 말하면 내게는 세 가지 장점이 있는 셈이니까. 첫 번째, 다른 사람을 얕잡아 보지 않는다. '나는 지지부진한데 세상 사람들은 뭘 이렇게 잘할까?' 절로 나는 겸손해진다. 두 번째, 사람 대하는 예의도 늘 고려한다. 뭐든 한 번에 해내지를 못하다 보니 나 같은 사람을 보면 괜히 도와주고 싶어진다. 이 점은 학생들을 가르칠 때 도움이 된다. 나는 잘 가르치는 강사라고 자부하지는 못하지만, 모르는 학생을 핀잔하는 강사는 아니다. 세 번째, '인생 초반이 잘나가지 못했으니 그래도 인생 후반은 이보다는 낫겠지' 하는 낙관적 태도를 갖고 있다. 인간의 운에 총량이 정해져 있다면, 분명 나는 이제껏 쓴 운보다 아직 쌓여 있는 운이 훨씬 많을 것이라고 믿는다.

그렇다고 소년등과를 나쁘게만 보는 것은 아니다. 찬란하게 빛났던 한순간은 그의 추억으로 온전하게 남을 테니까. 그 추억으로 평생을 버티며 살아갈 수도 있는 법이다. 시인 랭보가 그렇지 않았을까. 30대에 숨을 거둔 그의 말년은 전혀 평안하지 않았다. 랭보는 방랑 중에 다리를 절단했고 곧 사망에 이르렀다. 그러나 시집 《지옥에서 보낸 한 철》을 비롯해 젊은, 아니 어린 나이에 지은 시들로 그는 프랑스 시사詩史에 뚜렷한 족적을 남겼다. 내가 그러지 못했을 뿐, 초년에 꽃을 피웠다 속절없이 지는 삶도 충분히 매력적이고 긍정할 수 있다.

그렇기 때문에 나는 타이밍에 집착하지 않으려고 애쓴다. 내 힘으로는 어찌할 수 없는 우연의 속성이 타이밍에 다분해서다. 대신 나는 다음과 같은 표현들을 염두에 두고 산다. 만난 사람과는 헤어질 수밖에 없다는 '회자정리會者定離', 헤어진 사람과 다시 만나게 된다는 '거자필반去者必返', 열흘 동안 붉게 피는 꽃이 없다는 '화무십일홍花無十日紅', 길흉화복은 인간의 힘으로 예측하기 어렵다는 '새옹지마塞翁之馬' 등이다. 인생 달관한 척하려는 게 아니다. 나는 내가 지극히 세속적 인간임을 안다. 이것은 단지 나의 세상살이 방법론일 따름이다.

말하고 나니 일본 사토리(득도) 세대를 분석한 논의가 겹쳐진다. 그렇지만 희망을 품지 못해 오히려 행복할 수 있다는 사회학적 담론과, 모든 것이 늘 변한다는 무상함을 잊지 않는 개인적인 삶의 자세는 결이 다르다. 인생 자체가 고정불변하지 않아서다. 여전히 나는 인생을 잘 모르지만 적어도 인생이 어딘가에 붙박이지 않았다는 것 정도는 눈치 채고 있다. 우리가 생로병사의 여정에서 벗어날 수 없고, 그 와중에 희로애락애오욕喜怒哀樂愛惡欲을 겪으니, 인생도 이리저리 유동할 수밖에 없지 않을까. 처음에는 행운인 줄 알았던 것이 나중에 불행의 씨앗이 되고, 불행인 줄 알았던 것이 행운의 씨앗이 되는 전환들이 주위에 얼마나 많은지.

따라서 "행위의 의도와 결과가 우연하게 (불)일치되는 상황"에 대하여, '타이밍' 운운하면서 일희일비할 필요가 없어진다. 타이밍은 우연의 속성이 강하다. 인과율에 근거하지 않고 제멋대로 일어난다. 나는 내가 할 수 없는 일에는 담담하게 처신하고, 내가 할 수 있는 일에는 근성 있게 매달리고 싶다. 타이밍에 기대기보다는 행위의 의도를 선한 쪽으로 기울이고 싶다. 가령 노랫말대로 사랑이 타이밍이라면 사랑은 내 소관이 아니다. 그저 나는 충실한 사랑의 주체가 되도록 스스로를 갈고 닦아야지. 그럼 타이밍이 계속 안 맞는다 해도, 최소한 나는 이전보다 더 괜찮은 인간으로 거듭날 수 있다.

타이밍을 알리바이로 삼아서는 안 되는 사건들

종종 언론에서 타이밍이 좋지 않았다는 말을 들을 때가 있다. 급작스러운 천재지변으로 해를 입은 경우가 그렇다. 이때는 하늘을 원망하고 희생자들에게 안쓰러운 마음을 갖는 것 외에는 어쩔 도리가 없다. 그런데 언론에서 타이밍이 나빴다는 말을 '절대' 써서도 옮겨서도 안 되는 경우가 있다. 대표적으로 산업 현장에서 목숨을 잃은 노동자 뉴스를 전할 때가 그렇다.

2016년 구의역 스크린도어 외주업체 비정규직 사망 '**사건**', 2018년 태안화력발전소 협력업체 비정규직 사망 '**사건**' 등을 떠올릴 수 있다. 일부러 '사건'이라고 강조했다. 이를 언론에서는 흔히 사망 '사고'로 지칭하기 때문이다. 사고와 사건은 엄연히 다르다. 한 번 더 표준국어대사전을 찾아보자. 사고는 "뜻밖에 일어난 불행한 일"을, 사건은 "사회적으로 문제를 일으키거나 주목을 받을 만한 뜻밖의 일"이라고 적혀 있다. 사고와 사건의 차이는 '뜻밖', 즉 우연의 유무에 있다.

예컨대 해외여행을 갔는데 하필 그곳에 쓰나미가 발생했다. 그것은 우연에 속하므로 사고에 해당한다. 사고는 타이밍이 나빴다고 한탄할 수 있다. 반면 노동자가 업무를 하다 죽음에 이른 것은 우연에 속하지 않는 사건이다. 그러므로 타이밍 운운해서는 안 된다. 타이밍이 나빠 출발하던 열차에 치여 숨진 것이 아니고, 타이밍이 나빠 컨베이어벨트에 끼여 숨진 것이 아니다. 이는 '경영 효율화'라는 명목 하에 원청 업체가 하청 업체에게, 정규직이 비정규직에게 안전을 포기하고 위험을 떠맡도록 강제해 발생한 사건이다.

사고는 책임 여부를 따지기 난감하다. 이에 비해 사건은 업무 지시자나 감독자, 산업 재해 법령을 제대로 마련하지 않은 정치인, 안전 관리 점검에 소홀했던 정부 등 누군가의 책임 여부를 논할 수 있다. 그럴 수 있다는 가능성에 그치면 안 된다. 마땅히 그래야 옳다. 사건은 공적 범주에서 처벌과 예방 등을 논의해야지, 타이밍으로 눙치는 수사법을 용납해서는 안 된다.

물론 사건 책임자들이 알리바이를 목적으로 구사하는 화법은 교묘하기 짝이 없다. 타이밍이 나빠서 비정규직 노동자가 사망한 것이라고 대놓고 말하지는 않지만, 곰곰 들어보면 이런 메시지를 담고 있다. 타이밍을 그렇게 활용하는 자들을 경계하고 규탄하는 것이 시민의 할 일이다.

타이밍에 관한 유명한 격언이 있다. "우물쭈물하다가 내

이럴 줄 알았지." 작가 버나드 쇼의 묘비명으로 알려졌지만 실은 출처가 불분명한 문구다. 원문의 의미도 사뭇 다르다. 쓰인 그대로 번역하면 "난 알았어, 오래 머물러 살다 보면 이런 일이 생길 거라고 I knew if I stayed around long enough, something like this would happen"다. 어디서부터 와전된 것인지는 모르겠지만 우물쭈물했다는 의역이든, 오래 머물러 살았다는 직역이든 이 문장의 핵심은 '난 알았다'에 있다.

죽음 앞에 한 사람이 수동적으로 굴었다고 질타할 일은 아니다. 자연사를 감히 누가 거스를 수 있을까. 나도 우물쭈물하고 있고, 하루하루 버텨내며 세상에 오래 머물려는 필부필부에 지나지 않는다. 그러나 자연사 – 사고사가 아닌 재난사 – 사건사 앞에 한 사회가 수동적으로 구는 것은 커다란 문제가 된다. 세월호 참사가 그랬다. 작가 박민규가 적확하게 진단했듯, 세월호 참사는 "선박이 침몰한 '사고'이자 국가가 국민을 구조하지 않은 '사건'"이었다. 시답잖은 훈계를 하려는 게 아니다. 타이밍이 좋지 않았다는 식으로 사건을 사고로 위장하는 목소리가 반복되는 기이한 현상, 거기에 힘을 실어주는 이상한 보도에 '가만히 앉아' 침묵할 수 없었을 뿐이다.

요즘에는 타이밍이 재테크를 하는 데 많이 쓰이는 듯 보인다. "비트코인 매도 타이밍 문의합니다", "타이밍 늦은 거 같긴 한데 지금이라도 영끌해서 아파트 사두는 게 좋을까요?" 등등. 만약 타이밍이 생명체라면 참 피곤하지 않을까? 이 정도 혹사면 번아웃 증후군은 따 놓은 당상이다. 시시각각 호출되면서 돈을 불려주는 '이익'으로만 기능해야 하니까 타이밍의 팔자도 기구하다.

이른바 "벼락 거지"를 면하려고 '묻지마 투자(≒투기)'하는 심정이야 공감한다. 세속적 인간인지라 나도 부자이기를 소망하니까. 그런데 타이밍 재면서 단타 대박을 노리는 사람들을 보면 자꾸 한 사람의 모습이 포개져 아른거린다. 다름 아닌 앞서 고백했던, 중학교 1학년 시절의 나다. 그때는 수고롭지 않았음에도 괜찮은 성적을 거둬 "나이스 타이밍!"을 외쳤다. 그리고 얼마 안 있다 처절하게 무너졌다. 그나마 일어서서 다행이긴 한데 그러기까지가 녹록하지 않더라. 부디, 그들이 나의 전철을 밟지 않기를 바란다.

2장

저기
수많은 별 중에

시간을
찾아서

낭비 같은, 그러나 낭비가 아닌

새해 첫 달에는 모두 한 해 계획을 세운다. 일 년이라는 시간을 의미 있게 보내고 싶어서다. 나도 매해 꼭 이루고 싶은 일을 적어놓고, 그것을 달성하기 위한(그렇지만 한 번도 다 지킨 적 없는) 시간표를 만든다. 그런데 시간을 어떻게 활용하느냐에 앞서, 시간이 무엇인가라는 질문을 해보는 것도 필요하지 않을까 싶다.

김진표와 이적이 함께 부른 〈시간을 찾아서〉라는 노래가 있다. 내가 이 곡을 처음 알게 된 것은 군 복무를 하던 시절이었다. 그때 나는 비슷한 시기에 다른 부대에서 군복무를 하던 고등학교 친구와 편지를 주고받았다. 어느 날 받아본 편지에는 〈시간을 찾아서〉의 한 구절이 적혀 있었다. "시간은 도대체 어디 살고 있을까. 매일 같이 넌 달리기만 하잖아. 혹시 나 몰래 넌 햇볕 드는 창에서 쉬고 있진 않을까."

기억을 더듬어보니 입대한 지 6개월 정도 된 시점이었던 것 같다. 그때 나는 얼른 시간이 가서 전역하기만을 바랐다. 한데 하루하루는 빨리 가는데, 2년이란 시간의 끝은 도무지 오지 않을 것 같은 이상한 느낌이 들었다. 당시 나에게는 매일 같이 달리고는 있는데, 도대체 어디 살고 있는지 알 수 없는 시간에 대한 노래가 가슴에 스몄다. 그리고 그 시기, 미하엘 엔데의 소설 《모모》도 나에게 그런 공감을 준 책 중 하나였다.

시간이 금이 되지 않으려면

《모모》는 1970년 독일에서 출간돼, 1999년 한국에 번역됐다. 2005년 방영된 드라마 〈내 이름은 김삼순〉에 소개되면서 널리 알려졌는데, 작품이 워낙 흥미롭고 깊은 의미가 담겨 있어서 지금도 많은 독자들이 《모모》를 찾아 읽는다. 책의 맨 앞을 펼치면 옛 아일랜드 동요가 나온다.

어둠 속에서 비쳐 오는 너의 빛
어디서 오는지 나는 모르네.
바로 곁에 있는 듯, 아스라이 먼 듯
언제나 비추건만
나는 네 이름을 모르네.
꺼질 듯 꺼질 듯 아련히 빛나는 작은 별아.

'바로 곁에 있는 듯, 아스라이 먼 듯' 빛나는 작은 별은 아마도 시간을 가리키는 것처럼 보인다. 미하엘 엔데는《모모》가 이런 시간의 이야기임을 동요를 통해 암시한다.

어느 마을에 '모모'라는 소녀가 나타난다. 낡아빠진 헐렁한 남자 웃옷을 입은 까만 고수머리 모모는 부모가 누군지, 어디서 왔는지도 모르는 외톨이다. 하지만 청소부 아저씨 '베포'와 이야기꾼 '기기'를 비롯한 여러 사람의 보살핌으로, 모모는 폐허가 된 도시 외곽의 원형 극장에 살게 된다.

모모에게는 특별한 재주가 있다. 바로 '경청'이다. 모모는 이야기하는 사람 앞에 앉아 그의 말에 온전히 귀 기울인다. 온 마음을 다해 듣기만 할 뿐 한눈팔거나 딴짓하지 않는다. 그러면 희한하게도 이야기하는 사람은 문제의 답을 스스로 찾아낸다. 모모에게 자기 속내를 털어놓는 동안 스스로도 몰랐던 잠재력을 발휘하게 되는 것이다. 그래서 사람들은 고민거리가 생기거나 해결해야 할 문제가 생기면 모모를 찾아간다. "아무튼 모모에게 가 보게!"라는 말이 마을에서 유행어가 될 정도다. 이 소설은 어떤 시간을 빛나게 하는 것이 경청이라는 교훈을 독자에게 넌지시 알려준다.

그러던 어느 날, 갑자기 정체를 알 수 없는 '회색 신사들'이 나타난다. 그들은 마을 사람들에게 낭비하는 시간을 저축해야 한다고 설득하며 돌아다닌다. 회색 신사들의 효율적으로 보이는, 그러나 실제로는 기만적인 계산법에 넘어간 사람들은 시간을 아끼기 위해 삶의 방식을 완전히 바꿔버린다. 사람들은 예전보다 훨씬 바쁘게 살게 된다. 그렇지만 어찌된 까닭인지, 바쁘게 살면 살수록 사람들은 점점 불행해진다.

시간을 아낀 만큼 삶이 충실해지기는커녕 시간을 아낀 만큼 삶은 부실해져 갔다. 어른들은 잘 몰랐지만 아이들은 그 점을 온몸으로 느끼고 있었다. 사람들이 아꼈다고 생각하는 그 시간은 회색 신사들, 아니 시간 도둑들에게 빼앗기고 있었다. 잘못된 상황을 알아차린 모모는 사람들이 잃어버린 시간을 되찾아주기 위해 길을 나선다.

회색 신사들은 사람들에게서 빼앗은 시간을 시가에 태워, 잿빛 연기로 사라지게 하고 죽음의 재만 남긴다. 저들이 있는 곳은 늘 싸늘한 기운으로 뒤덮인다. 회색 신사들이 갈취한 시간은 '자본'과 닮아 있다. 끊임없이 증식하지 않으면, 자본은 자본으로서의 기능을 잃는다. 그들은 사람들에게 더 많은 일을 시키면서 시간을 빼앗는 탐욕스러운 자본가 역할을 충실히 수행한다. 회색 신사들이 사람들을 부리는 방식도 노동 시간을 연장하거나 노동 강도를 높임으로써 이루어지는 노동 착취, 이윤 극대화와 다를 바가 없다. 그러니까 모모와 회색신사들 간의 대립은 '시간은 돈'이 아니라, '시간은 삶'이란 작가의 생각을 나타낸다. 회색 신사들은 시간과 함께 삶을 빼앗고, 모모는 시간과 함께 삶을 선물한다.

우리는 시간에 대해 몇 시간이나 생각해봤을까?

자기가 피해자이자 가해자인 '자기착취 사회'를 해부한 《피로사회》의 저자 한병철이 쓴 책이 《시간의 향기》다. 이 책에서 그는 현대인의 모든 시간은 노동에 포박되었다고 말한다. 요즘 사람들은 하루의 대부분을 일하는 데 쓰고 있고, 얼마 안 되는 쉬는 시간조차 일을 더 하기 위한 준비 단계로 여긴다는 것이다. 가만 보면 나도 예외가 아니다. 무엇을 위해 이렇게 아등바등 시간을 쪼개가며 사나 하는 질문에, 그럴싸한 답변을 내놓기가 어렵다. 한병철은 활동하는 삶만을 절대화시킨 현재 경향을 비판한다. 인생을 잘살려면 쓸모 있는 사람이 되는 것만이 능사는 아니라는 주장이다.

그는 활동하는 삶에서 사색하는 삶으로의 전환을 촉구한다. 가만히 있으면 남들보다 뒤처진다는 괜한 불안에 시달리지 말고, 가만히 자기 안에 머무는 기술을 습득해야 한다는 것이다. 그래서 이 책의 부제도 '머무름의 기술'이라고 돼 있다. 예컨대 명상을 한다든지, 소중한 사람과 대화를 나눈다든지, 책을 읽는다든지, 음악을 듣는다든지 하는 예술적 활동을 통해서 자기만의 고유한 향기가 있는 삶의 시간을 생성하라는 뜻이다.

이를 크로노스chronos의 시간과 카이로스kairos의 시간으로 나누어 살펴볼 수 있다. 크로노스의 시간은 1시간은 60분, 하루는 24시간, 1주일은 7일, 1년은 365일처럼 누구에게나 공평하게 주어지는 시간이다. 그에 비해 카이로스의 시간은 의식적이고 주관적인 시간을 말한다. 좋아하는 사람과 같이 있을 때, 시간이 쏜살같이 흘러가는 경험을 겪어온 적이 있을 것이다. 바로 그런 시간을 가리킨다. 의미 있는 삶은 연속적으로 흘러가는 크로노스의 합이 아니라 카이로스의 합이라고 할 수 있다. 모모는 '머무름의 기술'을 실천하며 카이로스의 시간을 사는 대표적인 인물이다. 모모는 규격화되고 표준화된 삶의 틀을 따르지 않고 살아간다. 그래서 시간도둑들이 가장 두려워하는 어린아이의 마음, 순수함을 간직할 수 있다.

모든 존재는 시간의 굴레에서 벗어날 수 없다. 죽음도 결국 시간에 의한 운명적 산물이다. 따라서 유한한 생명체로서 우리는 시간에 대해 곰곰 생각해보지 않으면 안 된다. 그래야 채 백 년을 살지 못하는 인간의 삶, 그것의 가치를 새롭게 발견할 수 있다. 막연하게 시간을 때우는 것이 아니라, 진지하게 시간을 사유해보기. 그러면 앞으로 달리기만 하는 시간을 붙잡을 수 있는 가능성이 희미하게나마 생겨난다. 시간에 끌려 다니지 않고, 시간을 활용할 수 있는 우리의 힘은 여기에서 나온다.

공허를 부수는 이야기,
허무를 허무하게 하는 글

다중다양 쓰기 욕망들

외로움은 그림자와 같다. 평소에는 잘 의식하지 못하지만, 가만히 돌아보면 언제나 '나'와 함께 하고 있다. 외로움은 그림자처럼 찬란한 빛이 비칠 때, 더욱 또렷하게 드러나는 가장 어두운 자기 자신이다. 보통 우리는 다른 사람과의 관계 문제 때문에 외로움을 느낀다. 가족이나 친구가 '나'를 이해해주지 못하는 상황이라면 특히 그렇다. 이토록 넓은 세상에 홀로 남겨진 것 같은 절망감에 사로잡히게 된다.

그런데 이런 경우에만 외로움이 찾아오는 것은 아니다. 가족과 화목하고, 친구와 원만하게 지내는 와중에도 우리는 외로움을 느끼곤 한다. 살다 보니 갑작스럽게 우울증에 빠진 것이라고 말하는 사람도 있겠지. 그렇지만 나는 이것을 우울증보다는 '존재론적 고독'이라고 부르고 싶다. 인간에게 그림자가 따라 다니듯이, 존재 자체가 고독할 수밖에 없다는 의미다. 삶을 공허하게 하고, 허무를 불러일으키는 이 외로움을 대체 어떻게 하면 좋을까.

사실 외로움에 대해서 이러쿵저러쿵하는 책은 많다. 그러나 외로움을 정말 정확하게 표현하고 있는 글을 찾기는 쉽지 않다. 어떤 대상을 설명하려고 하면, 말은 그것에 가닿지 못하고 자꾸 어긋나버리기 일쑤니까. 누군가에게 본인의 마음을 전달하려고 할 때도 마찬가지다. '외롭다' 같은 한 단어로는 복잡하고 미묘한 감정을 드러내기에 충분하지 않다. 그러니까 느낌을 제대로 이야기하려면 신중하고 섬세하게 언어를 다루어야 한다. 이와 같은 글쓰기 충동에서 문학, 시와 소설 같은 예술적 결과물이 탄생하는 것일지도 모른다.

왜 글을 쓰느냐는 질문에 나는 늘 다른 답변을 한다. 아무렇게나 되는 대로 대꾸해서 그런 것은 아니다. 정말로 글을 쓰는 연유가 다양하기 때문이다. 이번에는 소설 한 편을 소개하면서, 나에게 글쓰기란 어떤 의미인가를 적어보려고 한다.

《헬싱키 로카마티오 일가 이면의 사실들》(얀 마텔, 공경희 옮김, 작가정신, 2018)이라는 중편 소설이 있다. 《파이 이야기》(2002년 부커상 수상작으로 영화 〈라이프 오브 파이Life of Pi〉의 원작)로 널리 알려진 캐나다 출신 작가 얀 마텔의 첫 소설집 표제작이다. 제목에 '헬싱키'가 나와서 핀란드에서 일어나는 이야기를 다루고 있다고 여길 수도 있겠다. 하지만 이 소설은 1980년대 캐나다를 시공간적 배경으로 삼고 있다.

글로써 허무를 허무하게 만들고 싶다

이제 막 열아홉 살이 된 '폴'은 대학 신입생이다. 같은 학교 졸업반이던 '나'는 "냉담하면서도 지성적인 호기심을 가진 폴"과 금세 가까워진다. 위계를 따지는 선후배 관계보다, 마음을 터놓을 수 있는 친구로서. 그런데 2학기가 되면서부터 폴은 자주 아프게 된다. 폐렴에 걸려 심하게 고생하기도 한다. 이처럼 몸이 좋지 않은 상태가 지속되자 그는 정밀 검사를 받는다. 그리고 충격적인 사실을 전달받는다. 그것은 바로 자신이 에이즈에 감염되었다는 통보였다. 3년 전 폴은 가족과 함께 자메이카 여행을 하다 교통사고를 당했는데, 그때 수혈받았던 피에 문제가 있었다.

시한부 삶을 선고받은 폴을 위해, '나'는 뭔가 할 수 있는 일이 없을까 고민한다. 그러다가 흑사병을 피해 모인 사람들이 서로에게 이야기를 들려 준《데카메론》에서 영감을 얻어, 한 가지 아이디어를 떠올린다. 중세 보카치오의 방식을 현대에 적용시켜보려는 시도다. 어떤 내용이냐 하면, 폴과 내가 '헬싱키 로카마티오 일가'라는 가상의 집안을 창조하고, 각각의 개인사와 20세기 역사를 교차시키며 이야기를 꾸미는 기획이다. '나'는 이렇게 결심한다.

'이번에는 세상이 아니라 우리가 아픈 거였고, 우린 여기서 도망치지도 못할 터였다. 반대로 우리는 이야기를 하면서 세상을 기억하고, 세상을 재창조하고, 세상을 껴안을 거였고. 그랬다. 세상을 끌어안는 이야기꾼이 되는 것……. **폴과 내가 그렇게 공허를 부수어야지.'**

인용문 마지막 문장을 일부러 강조 표시했다. 평소 내가 염두에 두는 글쓰기의 목적 중 하나를 축약한 구절이기 때문이다. 많은 경우 글은 실생활에서 힘이 없다. 고통받는 사람에게 직접적인 도움이 되지 못한다. 이 소설에서도 그렇다. 에이즈로 죽어가는 와중에, 허구를 창작하는 것이 무슨 해결책이 될 수 있을까. 아무리 헬싱키 로카마티오 일가의 서사를 상상해내도, 머지않아 폴이 세상을 떠나게 되는 결과는 변하지 않는다. 이들의 노력은 그야말로 헛된 몸부림이 아닐까.

글쎄, 나는 그렇게 보지 않는다. 작품에서 '나'의 말대로, 글(이야기)을 통해 우리는 세상을 기억하고, 재창조하고, 껴안는 능력을 갖게 되니까. 세상에서 글은 무력한 것으로 간주되지만, 글은 그 세상을 품어내 또 다른 세상을 구축하기에 유력하다. 어떤 사람은 글에 담긴 실체 없는 가상은 아무 소용없다는 지적을 하나, 거기에 나는 동의하지 않는다. 지금 여기의 한계를 뛰어넘을 수 있도록 하는 실재The real는 우리가 걸어 다니는 곳이 아니라, 우리가 날아가려는 곳에 있다. 그곳은 이미 주어진 현실 너머, 소망이 구현되는 장소다. 폴과 '나'는 헬싱키 로카마티오 일가로 만들어낸다.

터무니없는 몽상이면 어떤가. 덕분에 두 사람은 에이즈가 야기하는 끔찍한 상황에 지지 않았다. 폴과 '나'는 최선을 다해 이야기를 나누면서, 인생의 가장 불행한 시기를 "가장 행복한 시기"로 바꿔놓았던 셈이다. 그들은 정말로 그렇게 공허를 부숴냈다. 내가 글을 쓰는 이유도 이와 결부된다. 오늘날 세상에는 너무 많은 허무가 있고, 끊임없이 허무를 양산하고 있다. 그래서 나는 계속 싸울 수밖에 없다. 글로써, 모든 허무를 허무하게 하려고 한다. 이것이《헬싱키 로카마티오 일가 이면의 사실들》을 빌려 주장하는 나의 글쓰기 강령이다.

나를 발견하거나 혹은 자신을 상실하거나

글쓰기에 관해 또 다른 캐나다 작가의 예를 들 수 있겠다. 넬리 아르캉이다. 넬리는 2001년 '창녀Putain'라는 도발적인 제목의 장편소설로 데뷔했다. 이 작품은 출간되자마자 세간의 주목을 받았다. 책이 사람들의 눈길을 끈 가장 큰 이유는 작가의 자전소설이라는 사실 때문이었다. 실제로 그는 몬트리올에서 5년 동안 매춘부로 일했다.《창녀》는 그때의 체험과 허구가 절묘하게 뒤섞여 탄생한 작품이다.

한국에 2005년 번역 소개된 이 소설은 저급한 포르노그래피가 아니다.《창녀》는 권력의 장과 얽힌 젠더와 섹슈얼리티의 교착과 파열에 대해 생각하게 만드는 괜찮은 작품이다. 사회적 규율에 길들여짐으로써, '나'의 고유한 주체성이 상실되고 남의 소유물처럼 변한다는 사실을 지적하는 구절과 대면할 때, 독자는 지금 스스로의 존재 양태를 의심하게 된다. 특정한 정체성을 강제하는 공동체에 속한 자신이야말로 실은 매춘부, 타인들의 것이 아닌가 하고 말이다. 이처럼 뛰어난 작품성을 갖춘 등단작으로 넬리는 유수의 문학상을 받았다. 이후 그는 《미친 여자》 등 몇 권의 책을 내면서 작가로서의 활동을 이어간다. 그러던 2009년 9월, 돌연 넬리는 세상과 절연했다. 그의 나이 서른여섯이었다.

〈넬리〉는 숭고와 퇴폐의 간극을 섬세하게 형상화하고, 자기 과시와 자기 결핍을 어지럽게 오가다, 결국 스스로의 운명에 직접 마침표를 찍은 그의 삶을 조명한 영화다. 안 에몽 감독은 특히 넬리(밀렌 맥케이 분)의 자아가 분열하는 양상에 집중한다. 범박하게 말하면, 이것은 매춘부와 작가 사이의 괴리처럼 보인다. 하지만 그것만이 전부는 아니다. 여기에는 매춘부와 작가 사이의 착종이 가로놓여 있다. 넬리의 입장에서 몸 파는 일과 글 쓰는 일은 별개의 작업일 수 없다는 것이다. 타인들을 통해 자기 자신을 발견하거나 혹은 상실한다는 점에서 양자는 연관성을 가진다.

이를 상징적으로 표현하려고 안 에몽 감독은 영화에 많은 거울을 배치해 놓았다. 넬리를 비추는 거울들은 그의 나르시시즘을 나타내기 위한 도구로만 기능하지 않는다. 이자벨(어린 시절 이름), 신시아(매춘부 시절 이름), 넬리(작가 시절 이름)로 살았던 한 여성의 실체가 과연 무엇이었느냐고 질문할 때, 그것은 거울에 비친 왜곡된 이미지로밖에 재구성해낼 수 없다는 재현적 인식의 한계를 보여주는 장치다. 또한 거울에 비친 왜곡된 이미지를 우리가 진실이라고 착각하며 산다는 뜨끔한 전언이기도 하다. 그래서 넬리는 방황했다. 그가 진짜 '나'를 찾으려고 애썼다는 뜻이다. 찾지 못해도 찾지 못한 대로의 의미는 남는다.

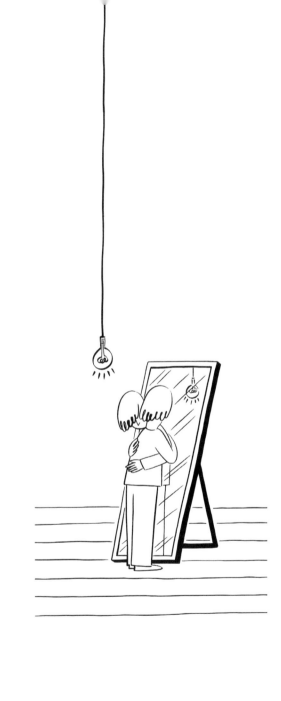

저기 수많은
별 중에

생텍쥐페리의 비상하는 마음

2014년 초 매서운 겨울바람이 온몸을 꽁꽁 얼어붙게 하던 날로 기억한다. 그때 나는 윤태진 PD의 연락을 받고, 교보문고가 운영하는 책 팟캐스트에 공동 진행자로 참여하기로 했다. 좋아하는 책을 읽고 이야기를 나누는 프로그램이라는 데 마다할 이유가 없었다. 다른 진행자는 정이현 작가로 낙점되었다. 본격적인 방송을 시작하기 전, 우리는 사전 미팅을 갖기로 하고 합정 부근 카페에서 만났다. 세 시간이 훌쩍 넘게 회의를 하는 동안 가장 고심한 것은 팟캐스트 이름을 짓는 일이었다. 같이 머리를 맞대고 브레인스토밍을 해가며 별별 작명을 다해봤지만, 셋 다 고개를 끄덕일 수 있는 네이밍은 좀처럼 나오지 않았다. 그러다가 문득 '낭만'이라는 낱말이 뇌리를 스치고 지나갔다. "낭만서점 어때요?"

제목만 아는 옛날 노래 '낭만에 대하여'를 염두에 둔 것은 아니었다. 그보다 나는 열정적 충동과 개성적 감성을 강조하는 '로망Roman'의 번역어인 '낭만'을 떠올리고 있었다. 낭만은

로망의 소리와 뜻을 절묘하게 옮긴 단어다. 특히 나는 '물결 랑
浪'과 '질펀할 만漫'을 더한 의미, '질펀한 물결(!)'이라는 조합이
마음에 들었다. 또한 이 시대가 그런 낭만을 계속 배제하는 쪽으
로 나아가고 있다는 점에서, 낭만을 표방하는 서점 팟캐스트가
하나쯤 있으면 좋겠다 싶었다. 널리 알려졌듯이, 낭만주의는 원
래 문학을 포함한 예술 사조 중 하나다. 그렇지만 낭만주의를 내
세우지 않는 예술·문학이라도, 나는 그것이 예술·문학이라면
밑바탕에는 낭만의 정조가 깔려 있을 수밖에 없다고 생각한다.

수많은 별들이 우리를 비추며 반짝이고 있었다

2016년 3월 화제가 된 사건 중 하나가 인공지능 알파고
의 등장이다. 알파고는 정답에 가까운 수를 엄청난 속도로 계산
하며, 바둑 최고수 이세돌 9단을 격파했다. 한데 그보다 놀라운
사실을 우리 사회에서 쉽게 찾아볼 수 있다. 세상에는 알파고보
다 잇속에 빠른 사람들이 즐비하다는 것이다. 그들은 최적의 효
율로 어떤 목표를 달성한 것을 자랑스럽게 여긴다. 인간 알파고
들은 나이대별로 성취해야 할 과제를 설정해둔다. 그러고 나서
남보다 이르게 거기에 도달하면 성공을 조금 만족스러워한 뒤,

다시 남보다 앞서가기 위해 자기를 채찍질한다. 이런 사람들에게 낭만은 아무짝에도 쓸모없는 감정 낭비로 받아들여진다. 어느새 지구는 '어린 왕자'가 네 번째로 방문한 '사업가의 별'처럼 변해버린 것 같다.

별을 소유하기 위해 별을 세는 사업가는 어린 왕자에게 이렇게 말한다. "나는 중대한 일을 하고 있는 사람이야. 난 말이야, 시시한 이야기 따위로 시간을 보내진 않아." 중대한 일이라고 자부하지만 정작 그는 이상한 일을 하고 있다. 별을 가지고 부자가 되고, 부자가 되어 또 다른 별을 가지는 끝없는 순환이라니. 눈코 뜰 새 없이 바쁜 사업가는 오히려 시시포스의 형벌을 받고 있는 것처럼 보인다.

그가 이와 같은 속박에서 풀려날 수 있는 방법은 무엇일까. 사업가가 한 말에 답이 있다. "시시한 이야기 따위로 시간을 보내기"다. 그가 하찮다고 여기는 것, 시간 낭비에 불과하다고 간주하는 것이 바로 노예의 족쇄를 푸는 열쇠다. 낭만은 이것의 다른 이름이다.

《어린 왕자》를 시작하는 유명한 에피소드가 있다. 맹수를 삼킨 보아뱀 그림을 그린 '나'는 어른들에게 이 그림이 무섭지 않느냐고 물어본다. 어른들은 똑같이 '나'에게 반문한다. "아니, 모자가 왜 무서워?" 동심을 잃은 사람이 곧 낭만을 잃은 사람이다. 이들은 맹수를 삼킨 보아뱀 그림을 전혀 엉뚱한 것으로 착각하고는 자신이 본 게 당연히 옳다고 믿는다. 그려진 그대로 보지 못하고, 본인이 익숙한 대로만 인식하는 인간 알파고들로 가득한 세계는 결코 살 만한 데가 못 된다. 그래서 종종 나는 스스로를 의심한다. 아닌 척 부정하지만 실은 나도 인간 알파고이지 않을까?

누군가에 대해 알려고 할 때, 더 이상 나는 "그 애의 목소리는 어떠니? 그 애는 무슨 놀이를 좋아하니? 그 애도 나비를 채집하니?"라고 묻지 않게 된 듯하다. 이제는 노골적으로 질문하는 일이 별로 부끄럽지 않아졌다. "그 앤 나이가 몇이지? 형제들은 몇이나 되고? 몸무게는 얼마지? 그 애 아버지는 얼마나 버는데?"

속물이 되어가는 자기 자신을 새삼 서글프게 느끼게 되는 날이 있다. 그럴 때 내가 내리는 나름의 처방은 생텍쥐페리가 쓴 《어린 왕자》의 한 대목을 아무데나 펼쳐 읽는 것이다. 상실한 낭만을 완전히 되찾아주지는 못해도(문제를 한 번에 해결해

준다는 해결책은 대개 엉터리다) 효과가 꽤 좋다.

예컨대 여우가 어린 왕자에게 들려준 말이 그렇다. "내 비밀은 이거야. 간단해. 마음으로 보아야만 잘 보이거든. 중요한 것은 눈으로는 보이지 않아." 여우는 한 가지 더 덧붙인다. "너의 장미를 소중하게 만든 것은 네가 너의 장미에게 쏟은 시간 때문이야." 해석하는 데 어려울 것 하나 없는 말이다. 그러나 기억하고 실천하기는 무척 어려운 말이다. 지금 이 시대는 눈으로 보이는 것이 중요하다고, 원하는 것을 얻는 데 시간을 적게 들여야 한다고 사람들을 길들인다. 그렇게 보면 어린 왕자는 현대 사회에서 도저히 살 수 없는 상태로 성장했던 셈이다. 그는 소행성 B612로 돌아가기 위해 죽음을 맞는다.

어린 왕자는 우리에게 여러 선물을 남기고 떠났다. 그중 하나가 이 글에서 거듭 언급한 낭만이다. 어린 왕자가 하늘을 바라보며 말한다.

"언젠가 모든 사람들이 자기 별을 찾을 수 있도록 별들이 저렇게 반짝이는 것은 아닐까. 내 별을 봐. 바로 우리 위에 있어."

밤하늘에 반짝이는 별을 보고도 무감한 사람은 자기가 별을 잃어버렸는지조차 알지 못한다. 어린 왕자는 그에게 잃어버린 별을 상기시켜주는 낭만의 아이콘이다. "아저씨가 밤하늘을 바라볼 때면, 나는 그 별들 가운데 어느 별인가에서 살고 있을 거니까, 그 별들 가운데 어느 별인가에서 웃고 있을 거니까. 아저씨에게는 모든 별들이 웃고 있는 것처럼 보일 거야. 아저씨는 웃을 줄 아는 별들을 가지게 되는 거지!" 저기 수많은 별 중에 어린 왕자의 별이 있다. 그리고 우리가 결국 돌아가야 할 각자의 별이 있다.

삶을 감싸는 모든 것이 반짝이고 있었다

그 별에 조금이라도 가까워지려고 생텍쥐페리는 비행사를 꿈꿨는지 모른다. 그는 실제 비행사였다. 그래서인지 작품 곳곳에 하늘을 나는 모티프가 나온다.《어린 왕자》에도, 등단작《남방 우편기》에도, 페미나상을 받은《야간 비행》에도 비행사가 등장한다. 나는 비행기 조종과는 전혀 인연이 없지만 하늘을 나는 행위를 동경한다. 공항에 가면 괜히 설레는 이유도 거기 있다. 내가 발 딛고 있는 땅을 위에서 내려다볼 수 있는 경험은 흔치 않으니까. 그러려면 등산을 하든지, 열기구를 타든지, 비행기를 타지 않으면 안 된다. 그중 으뜸은 아무래도 비행기다. (하늘에서도 지켜야 할 세세한 규칙이 있을 테지만) 자유롭게 하늘을 날아다닐 수 있어서다. 비행사만 느낄 수 있는 비상의 감각은 뭘까. 대지의 평범한 인간인 나는 그게 궁금했다. 그 답변을 찾다 하나 발견한 것이 생텍쥐페리의 글이었다. 예컨대 이런 문장들.

등대가 바다를 향해 빛을 비추듯 드넓은 밤을 향해 집들이 별을 밝히면서 대지는 서로를 부르는 불빛으로 뒤덮였다. 어느새 인간의 삶을 뒤덮은 모든 것들이 반짝이고 있었다. 파비엥은 밤으로 들어가는 것이 항구에 들어가는 것처럼 완만하고 아름다워 감탄했다.

그렇구나. 야간 비행을 하는 조종사의 눈을 빌려 나는 '어느새 인간의 삶을 뒤덮는 모든 것이 반짝이고 있'음을 상상했다. 또한 "밤의 한가운데에서 밤이 인간을 보여준다"는 사실도 알게 됐다. 밤은 그저 깜깜하기만 한 상태가 아니다. 각자의 욕망이 동력으로 작용해 지상에서 밤하늘로 불빛을 쏘아 올린다.

이렇게 얼핏 봐도 알 수 있듯이 《야간 비행》은 내면과 조응하는 풍경의 묘사가 탁월한 작품이다. 이를 좋아라 하면서 나는 이 소설에서 드문드문 언급되는 인생론에도 고개를 끄덕였다. 예컨대 이런 말들.

"자네도 알겠지만 인생에 해결책이란 없다네. 그저 나아가는 힘만 있는 게지. 그런 힘을 만들어내면 해결책은 뒤따라 오는 게야."

삶에 해결책이 없는 까닭은, 삶은 문제가 아니기 때문이다. 나는 여전히 삶이 무엇인지 모르지만, 우리가 애써 살아나가야 하는 과정이 삶이라는 것만은 안다. 그러니까 앞으로 나아가는 힘 — 추진력을 가져야만 하는 당위도 생긴다. 목표가 뚜렷이 보여서 앞으로 가는 것이 아니라, 앞으로 가다 보면 목표가 보일지도 모른다는 성공과 실패의 가능성을 동시에 품고 '그런 힘을 만들어내는 태도' 말이다.

《야간 비행》에 따르면 그렇게 해야 해결책도 뒤따라 온다. 물론 이때의 해결책은 실제로는 해결책이라고 부를 수 없는 대안이다. 앞에서 썼다시피 삶은 문제가 아니므로 해결책이 없는 게 당연하다. 그럼 여기에서의 해결책은 무엇인가. 이는 해결책이 있는지조차 알지 못한 채 앞으로 나아가는 힘을 발휘한 인간이 성취해낸 결과 자체를 의미한다. 이것이 해결책의 진면목이다.

그런 연유로 나는 누군가가 정리해 알려주는 삶의 해결책, 정형화된 지침을 믿지 않는다. 그것은 당신이라는 삶이 거둔 열매라는 점을 부정하지는 않지만, 내 삶이 당신과 같은 열매를 거둘 수 있으리라 생각하지 않는 데다 그럴 필요도 느끼지 못해서다. 해결책도 없는 마당에 루트가 정해진 인생 따위 있을 리 없다. 모두가 독자적인 항로를 개척해야 한다는 뜻이다. 하늘을 인생으로 치환하면 우리 역시 비행사다.

슬픈
마음의 소리

묘생과 인생 사이

"인간의 정의定義를 말하자면 딱히 아무것도 없다. 다만 괜한 것을 만들어내 스스로를 괴롭히는 자라고 하면 충분하다."

이름 없는 고양이가 한 말이다. 인간을 규정한 여러 견해 중에서, 나는 이 고양이의 전언을 자주 떠올리는 편이다. 인간이 인간을 정의한 말은 자신이 자신을 변호하는 것처럼 믿기 어렵다. 거기에는 어쩔 수 없이 연민이나 자조가 스민다. 반면 타자는 냉정하게 나를 본다. 나와 무관하므로 그는 나에 대해 똑바로 말할 수 있다. 타자로서 우리는 서로에게 가혹하고 정확하다. 고양이 눈에 비친 인간의 모습도 마찬가지다. 나쓰메 소세키가 쓴《나는 고양이로소이다》를 읽으며, 거만한 일인칭(와가하이吾輩)으로 스스로를 지칭하는 어린 고양이에게 나는 변변한 대꾸조차 못했다.

예를 들면, 이런 문장. "인간이란 것들은 시간을 때우기 위해 억지로 입을 놀리고, 우습지도 않은 일에 웃고, 재미도 없는 일에 즐거워하는 것 말고는 다른 쓸모도 없는 자들이라고 생각했다." 지금 이 고양이는 주인과 그의 지인들이 나누는 이야기를 가만히 듣는 중이다. 별로 대단치도 않은 일을 떠들어대는 세 사람을 고양이는 한심하게 여긴다. 속된 세상에서 벗어나 있는 듯 고고한 척하지만, 이들 역시 경쟁과 명예에 집착하는 속된 인간임을 간파한 까닭이다. 이 소설의 배경이 되는 1900년대 초 일본에서는 대학 교육을 받은 사람이 드물었다. 오늘날 한국과 다르게, 대학에 들어가 공부했다는 것만으로 사회의 엘리트 계층에 속했다. 그런 사람들의 젠체하는 꼴이 이 고양이에게 곱게 보일 리 없다. 고양이는 이른바 '지식인' 부류의 말과 행동에 담긴 허위를 꼬집는다.

어쩌다 보니 대학원에 발을 들여 아직 학교를 떠나지 못하고 있는 나로서는 고양이의 비웃음이 남 일 같지 않다. 물론 이제껏 나는 한 번도 나를 지식인이라고 생각한 적이 없다. 언제나 억압당하는 자의 편에 서서 싸워야 한다는 지식인의 책무 (사르트르)는 결코 만만하지 않기 때문이다. 그렇지만 나는 편협한 문학 기능인으로만 영영 남고 싶지는 않다. 보편적 문학 지식인으로 거듭나지 못한다면, 나쓰메 소세키가 탄생시킨 불멸의 고양이는 두고두고 나를 경멸할 게 뻔하다. 적어도 나는 이

고양이 앞에서만큼은 떳떳하기를 바라고 있다. 중학교 영어 교사로 일하는 주인의 행태를 적나라하게 폭로한 내용을 확인한 뒤라서 더욱 그럴 테다.

집안사람들은 그가 공부를 대단히 열심히 한다고 생각한다. 본인도 공부를 열심히 하는 척한다. 하지만 실제로는 집안사람들이 아는 것 같은 근면한 사람은 아니다. 나는 이따금 살금살금 다가가 그의 서재를 들여다보는데, 그는 자주 낮잠을 자고 있다. 가끔은 읽다가 만 책에 침을 흘리고 있다. 그는 위가 약해 피부색이 담황빛을 띠고 탄력 없는, 활발하지 않은 신체 징후를 보인다. 그런 주제에 밥을 많이 먹는다. 과식하고 나서는 타카지야스타제(소화제)를 먹는다. 소화제를 먹고 나면 책을 펼친다. 두세 쪽 읽으면 졸리다. 침을 책 위에 흘린다. 이것이 그가 매일밤 반복하는 일과다.

이 부분을 읽으며 나는 연신 낄낄댔지만, 한편으로는 적잖이 부끄럽기도 했다. 어쩐지 그 주인은 연구한답시고 책상 앞에 폼만 잡고 앉아 있는 나를 떠올리게 하니까.

마치 홍상수 감독의 영화를 보는 느낌이다. 잘 모르는 여자와 연애 한번 해보겠다고 뜬금없이 "진짜 사랑합니다"를 외치며 달려드는 남자를 계속 봐야 하는 관객의 기분이랄까. 갑자기 씁쓸한 웃음이 터져 나온다. 원래 사람은 자기가 웃음을 주는 대상과 일정한 거리를 두고 떨어져 있을 때, 자기가 웃음을 주는 대상보다 격이 높다고 (무)의식적으로 간주할 때만 웃을 수 있다. 그런데《나는 고양이로소이다》와 홍상수 영화가 유발하는 웃음에는 쓴맛이 난다. 내가 보며 웃고 있는 대상이 실은 나 자신임을 직감하기에 그렇다. 20세기 초입에서 어쩔 줄 모르고 엉거주춤하게 서 있는 나쓰메 소세키 소설 속 인물과, 21세기 초입에서 갈피를 못 잡고 헤매는 홍상수 영화 속 인물에 불안한 나의 얼굴이 겹쳐 보인다.

《나는 고양이로소이다》의 고양이는 끝내 이름을 갖지 못한다. 아니 끝내 이름을 갖지 않는다. 뛰어난 식견을 자랑하는 이 고양이가 자기 이름을 직접 짓는다고 한들 이상할 것도 없는데, 고양이는 그냥 고양이로만 남는다. 그래서 가끔 길에서 어떤 고양이와 마주치기라도 하면, 혹시 나쓰메 소세키의 그 고양이가 아닐까 하는 몽상에 빠지기도 한다. 만약 그렇다면 독심술을 터득한 고양이는 나의 마음을 읽어내고 몸서리칠지도 모른다. 온갖 상념으로 가득 찬 복잡한 심정을 도무지 정리할 수가 없다. 그래도 고양이가 매몰차게 나를 비난만 할 것 같지는 않다. 태어난 지 이 년이 넘어 이 고양이는 인간의 심연마저 들여다볼 수 있게 되었기 때문이다. 인간이 나약하고 모순적인 존재라는 사실을 고양이는 점점 담담하게 받아들인다.

못마땅한 상대의 언행을 비판하기는 쉽지만, 못마땅한 상대의 속에 감춰진 입장을 고려하기는 쉽지 않다. 그러나 우리는 쉬운 것보다 쉽지 않은 것을 하려고 애쓰지 않으면 안 된다. 이 고양이도 그렇게 하고 있다. "근심 없어 보이는 사람들도, 마음 깊은 곳을 두드려 보면, 어딘지 슬픈 소리가 난다." 이것은 내면의 심층을 응시한 자만이 쓸 수 있는 문장이다.

한데 이렇게 소개하고 보니, 이 고양이를 고뇌하는 철학자로만 그린 것 같아 찜찜하다. 웬걸, 《나는 고양이로소이다》의 고양이는 나만큼이나 어설픈 데가 많다. 몰래 떡을 훔쳐 먹다 이빨에 떡이 붙어 주인 식구에게 창피를 당하기도 하고, 쥐를 잡겠다고 호기롭게 나섰다가 오히려 된통 당하기만 한다. 그러니까 이 고양이가 신神이 아니라서 다행이다. 나는 엄숙한 신의 가르침보다 허술한 고양이의 빈정거림, "야옹야옹" 소리가 더 좋다.

고양이의 삶이 드러내는 인간의 삶

그런데 《나는 고양이로소이다》의 이름 없는 고양이와 달리, 현실의 이름 없는 고양이의 삶은 고달프다. 이들을 돕는 사람들이 있어 그나마 다행이다. 예컨대 시인 황인숙이 그렇다. 그는 캣맘이다. 매일 길고양이들의 밥을 챙긴다. 황인숙의 1984년 신춘문예 등단작 제목부터가 그랬다. '나는 고양이로 태어나리라'. 이 시는 '윤기 잘잘 흐르는 까망 얼룩 고양이로 다시 태어나겠다'는 말로 시작한다. 그러니까 먼 훗날 우리가 '까망 얼룩 고양이'를 본다면, 마치 시인을 만난 듯 반갑게 대했으면 좋겠다. 아니 까망 얼룩 고양이뿐만 아니라, 세상의 모든 고양이를 부디 이렇게 맞이하기를.

이런 메시지가 조은성 감독의 영화 〈나는 고양이로소이다〉에 담겨 있다. 위에 언급한 나쓰메 소세키의 장편소설 《나는 고양이로소이다》에서 제목을 딴 이 작품은 한국, 대만, 일본 길고양이들의 묘생猫生을 찍은 다큐멘터리다.

반복하지만 한국 길고양이의 삶은 고단하다. "평생을 먹을 것과 거주를 두고 인간과 경쟁했다. 경쟁했다고 말하기도 부끄러울 정도로 쫓겨 다니기만을 반복했으므로 평생을 먹을 것과 거주를 두고 인간을 원한했다, 라고 말하는 편이 옳을까." 소설가 황정은이 쓴 〈묘씨생〉이라는 단편의 일부다. '원한'이라는 단어가 가슴에 박힌다. 이 땅에서는 길고양이를 학대하거나 끔찍하게 죽인다는 뉴스가 끊이질 않는다. 그래서 한국 길고양이는 인간과 마주치면 숨기 바쁘다. 원래 고양이가 경계심이 많은 동물이라서 그렇다고? 대만 허우퉁과 일본 아이노시마에 사는 길고양이들을 보면 그런 생각이 틀렸다는 사실을 확인할 수 있다.

영화 〈나는 고양이로소이다〉에 나오는 세 나라 길고양이들의 생활은 대조적이다. 대만과 일본은 길고양이의 천국이다. 반면 한국은 인간에게나 길고양이에게나 '헬조선'이다. 물론 이 영화가 삼국 간의 공정한 비교를 한다고 보기는 어렵다. 허우퉁은 '고양이 마을'로 알려진 대만의 관광 명소이고, 아이노시마도 일본의 '고양이 섬'으로 유명한 곳이다. 한데 이와 같은 편향적 비교는 그럼에도 불구하고 가치가 있다. 한국이 달성해야 할

미래 모델은 허우통과 아이노시마에서 현실화된 인간과 길고
양이의 공존 양태이기 때문이다. 이것은 고양이만 편애하자는
뜻이 아니다. 감독은 다음과 같이 말한다.

> "어떤 분이 이런 이야기를 하시더군요. '길고양이가 안전하
> 지 않은 동네가 과연 우리 아이들에게 안전할까?' 대단히 공
> 감 가는 이야기였습니다."

길고양이의 생존은 길고양이만의 문제일 수 없다. 그것은
한국이 정말 살 만한 나라인지를 가늠하는 인간의 척도이기도
하다. 닭, 돼지, 소 등을 대하는 우리의 태도 또한 마찬가지다. 인
간은 고기를 먹을 수 있다. 그러나 동물로서의 인간은 다른 동
물을 착취해서는 안 된다. 동물권은 그 사회의 인권 수준과 비
례한다. 독일이 헌법에 동물권을 명시한 해가 2002년이다. 같
은 해, 한국에서는 동물 16만여 마리가 살처분됐다. 생명권을
향해 아직 갈 길이 멀다.

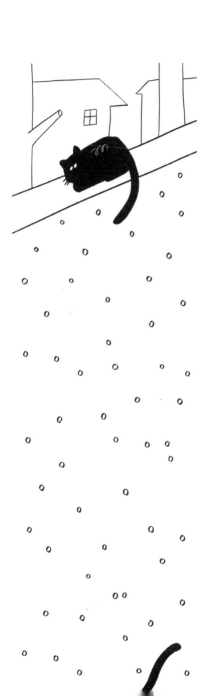

기적은 아니지만
기적처럼 느껴지는

조해진과의 '완벽한' 대화

편지하기: 새로운 이해와 오해를 위하여

기적은 아니지만 기적처럼 느껴지는 일이 종종 일어난다. 예상치 못한 누군가에게 받는 편지가 그렇다. 편지를 읽기 전에는 놀라움과 의구심이 든다. 그는 내게 왜 편지를 보냈을까? 그가 편지를 보낼 정도로 과연 우리가 친했던가? 편지를 읽은 후에는 복잡한 감정에 휩싸인다. 거기에는 편지를 보낸 사람의 생각과 마음이 겹겹으로 담겨서다. 편지는 그것을 받은 사람과 쓴 사람, 두 가지 입장의 이해와 오해를 하도록 만든다. 오해 없는 이해, 이해 없는 오해는 불가능하다. 그럼에도 불구하고 예상치 못한 누군가에게 받는 편지는 언제나 기적처럼 느껴진다. 우리의 인연이 영영 끊어졌던 것이 아니라, 알게 모르게 계속 연결돼 있었다는 사실을 체감하게 되니까. 덕분에 나와 당신은 새로운 이해와 오해를 통해 다시 자리매김한다. 이토록 커다란 변화를 어떻게 기적처럼 느끼지 않을 수 있을까.

이런 면에서 독자에게 늘 먼저 편지를 보내는 작가가 조해진이다. 그의 소설 속 인물들도 편지를 쓰거나 읽는다. 단편 〈산책자의 행복〉이 그렇지 않나. 유학생 메이린은 이메일을 쓰고 이를 철학과 강사였던 홍미영이 읽는다. 홍미영은 메이린에게 답장하지 않는다. 그러나 부치지 않았을 뿐 메이린에게 수많은 편지를 쓴 것이나 다름없다. 메이린의 편지를 매개로 홍미영은 그와 자신에 대한 이해와 오해를 거듭해가기 때문이다.

〈완벽한 생애〉도 마찬가지다. 홍콩에서 영등포로 온 시징과 영등포에서 제주로 떠나는 윤주의 연결고리는 편지, 이메일과 메모다. 윤주가 집에 남긴 메모를 본 시징이 재차 이메일을 쓰지 않았다 해도, 이들의 관계가 단절됐다고 보기는 어렵다. 그렇지 않다면 이 작품에서 단 한 번도 만나지 않는 시징과 윤주의 삶이 나란히 서술될 리 없을 테니까.

절망하기: 어렴풋한 희망을 위하여

"떨어져 있는 두 세계가 접점을 이루는 순간이 어쩐지 저는 좋더라고요."

2020년 1월 합정역 부근 카페에서 만난 조해진은 이렇게 말했다. 실제로 그의 소설에는 이편과 저편, 예컨대 한국(인)

과 외국(인)이 조우하는 장면이 유독 많다. 그러니까 두 세계가 분리된 듯 보여도 실상은 그렇지 않다는 진실, 모든 개체는 함께 존재한다는 그 이유만으로 서로 무관할 수 없다는 믿음을 조해진은 지금까지 지켜왔다.

"〈완벽한 생애〉도 그래요. 이 작품은 외따로 떨어져 있지 않은 두 세계의 신념, 그리고 사랑에 관한 이야기입니다. 윤주는 자기가 남긴 메모가 시징에게 어떤 파장을 끼칠지는 몰랐을 거예요. 그렇지만 결과적으로 시징의 삶은 그 메모의 간접적인 영향을 받게 돼요."

두 세계의 신념, 그리고 사랑은 어떻게 구현될까. "아름다운 것을 추구하지만, 아름다운 것을 추구하면 할수록 결핍을 느끼는 인물들의 모습으로 그려져요. 그런데 이들은 그대로 여기에 멈춰 있지만은 않아요. 조금씩이라도 나아가려는 의지로 공명합니다."

이것은 예전 한 인터뷰에서 조해진이 했던 답변— 어쩌면 절망이 더 쉬운 선택일지도 모른다고 했던 발언을 염두에 둬야 할 테다. 그렇다고 조해진은 무책임한 낙관으로 소설을 끝맺는 작가가 아니다. 그가 제시하는 희망은 찬란하게 빛난다기보다 희미하게 아른거린다. 오히려 그래서 미덥다. 조해진은 성마르지 않다. 자신이 쓴 소설 문장과 똑같이 그는 한 마디 한 마디 신중하게 말을 골라 대화에 임했다. 조해진은 사건의 여러 가지 면을 고려해 충분히 검토한 뒤 모두에게 상처가 되지 않는 답을 내놓으려는 사람이다.

그의 소설을 읽으면서 오래 전부터 가졌던 짐작은 이번 만남으로 한층 굳건해졌다. 희미하게 아른거리는 희망을 소설로 쓰기 위해 조해진은 대부분 서사를 인물들의 절망을 다각도로 조명하는 데 할애한다. 단순하게 보면 〈완벽한 생애〉에서 윤주는 직장을 그만둠으로써, 시징은 은철과 헤어짐으로써 절망에 빠졌다고 할 수 있으리라.

돌아보기: 혁명 이후의 혁명을 위하여

한데 세밀하게 보면 그렇지 않다. 윤주의 퇴직과 시징의 이별에는 또 다른 사정이 있다. 앞서 조해진이 언급한 대로 그들은 아름다운 것을 추구하면 할수록 결핍을 느끼는 상태에 처해 있었으니까. "윤주와 시징만이 아니에요. 미정과 은철도 비슷해요. 각자 소중한 것을 붙잡으려고 하지만 본인의 바람대로 잘 안 되는 거예요. 바꿔 말하면 그것은 순수했던 시작이 왜곡돼가는 과정이기도 해요. 그렇기 때문에 그 흔적을 잊지 말고 더듬어봐야 하는 것이고요."

가령 혁명이라 명명된 것이 발생했다고 그 혁명의 가치가 실현됐다고 할 수 있을까. 이것은 우리가 온전히 겪어냈다기보다 우리를 잠시 스치고 지나가버린 것은 아닐까. 여전히 이곳에는 비가시적인 폭력이 남아 있지 않은가. 이를테면 윤주의 괴로움은 올바른 대의가 회복됐다고 여겨지는 바로 그곳에서 비롯된다.

"그런 문제의식은 작년에 발표한 〈경계선 사이로〉(《너의 빛나는 그 눈이 말하는 것은》, 창비, 2019)라는 단편에도 담겨 있어요. 신문사 파업 기간 채용된 기자들이 파업이 끝난 다음 맞닥뜨리게 되는 현실이요."

그 소설에는 높은 경쟁률을 뚫고 수습기자로 채용된 연진이 나온다. 수습기자 신분이었으나 연진에게 수습 과정은 없었다. 연진은 곧바로 현장에 투입되어 기계처럼 기사를 써냈다. 만약 선배들이 법원 판결에 따라 복직한다면 연진의 앞날은 어떻게 되는 걸까. 파업에 동참한 사람들이 연진 같은 인물을 부역자로 낙인찍기는 쉽다. 하나 그리 하는 처사는 자기 반대편에서 있던 사람들의 방식을 비판 없이 답습하는 태도이기도 하다.

빚어내기: 완벽한 생애를 살기 위하여

정치적 정당성의 가치가 틀렸다는 것이 아니라, 정치적 정당성의 가치를 실천으로 전환하면서 오류가 생길 수 있다는 뜻이다. 누군가는 이를 불가피한 희생이라고 하겠지. 그 정도의 억울함은 어쩔 수 없다고. 그러나 이런 관점과 발화가 소설가의 것일 수는 없다. 적어도 조해진은 그렇게 하지 않는다. 그는 불가피한 희생과 그 정도의 억울함이라는 수사법에 감춰진 무심한 잔혹성을 인지해 소설로 써내는 작가다.

"그래서 이 소설의 '완벽한 생애'라는 제목이 더욱 아이러니하게 받아들여질지도 모르겠어요. 제가 간주하는 완벽한 생애는 흠결 없이 한 번에 만들어진 매끈한 공 같은 것이 아니에요. 찰흙으로 빚어낸 울퉁불퉁한 구에 가까울 거예요. 후회와 고통이 담긴 생애야말로 완벽할 수 있다는 역설이 이와 같은 제목에 깃들기 바랐어요."

그리하여 조해진은 〈완벽한 생애〉에 아쉬운 점이 있다고 했다. 서울에서 시민운동을 하다 제주로 내려간 미정의 삶이 부분적으로만 드러나서다. 조만간 이 작품을 경장편으로 개작할 계획을 품고 있다고 문답 말미에 그는 덧붙였다. 역시 그렇구나 싶었다. '완벽한 생애'를 묘파하는 조해진의 작업이 이쯤에서 마무리될 리 없다고 여겼기 때문이다.

그렇지만 꼭 이 소설을 잇는 작품이 아니라 해도 나는 납득했을 것이다. 과거에 그가 썼고 현재에 그가 쓰고 있으며 미래에 그가 쓸 소설은, 내용이 무엇이든 그가 소망하는 '완벽한 생애'를 사는 데 소용될 테니까. 아마 상처투성이 인생이겠지. 당연히 그것은 상처 없는 인생보다 완벽할 테고. 기적은 아니지만 이것은 기적처럼 느껴지는 일 중에 하나다. 누구의 잘못도 아니라는 말 덕분에 더는 공포에 갇혀 인생을 살지 않을 수 있다는 〈완벽한 생애〉의 결구처럼.

아이에서
어른으로

배신과 이별에 대처하는
스카웃과 진희의 자세

오랫동안 나는 이상한 압박감에 시달렸다. 아침에 일어나 낮에 일하고 저녁에 퇴근하는 삶을 살지 않으면 무슨 큰일이라도 나는 줄 알았다. IMF 외환위기를 겪으며 사춘기를 보내고 성인이 된 나는 학창시절 내내, 안정된 직장을 구해야 한다는 생각에 사로잡혔다. 그런 사람이 나뿐만은 아닌 것 같다. 대놓고 표현하지는 않아도 많은 사람들이 비슷한 불안을 느끼고 있는 듯했다. 우리에게는 공통적으로 강요되는 명제가 있다. '싸워 이기라!'는 경쟁 이데올로기다.

승자독식의 정당성은 오디션 프로그램에서도 노골적으로 선전한다. 기득권을 가진 심사위원은 참가자를 일방적으로 훈계하고 납득하기 어려운 기준으로 탈락시킨다. 그런데 이런 불합리한 구조 자체를 누군가 문제 삼기보다, 다들 그곳에서 어떻게든 살아남아보려고 애쓴다. 그들은 친구와의 경쟁에서 승리하고 힘 센 어른의 눈에 들고자 기를 쓰던 내 얼굴과 닮아 있다. 나이가 든다고 해서 그냥 어른이 되는 것은 아닌 것 같다. 어쩐지 나를 비롯한, 적지 않는 사람이 아이에서 어른으로 제대로 성장하지 못하고 있다는 기분이 든다.

하퍼 리의 《앵무새 죽이기》는 1960년 미국에서 출간되어 지금까지 전 세계에서 사천만 부 이상이 팔린 스테디셀러다. 1991년 미국 국회 도서관이 선정한, 성경 다음으로 '가장 영향력 있는 책' 1위에 뽑히는 등 영미권에서는 문학에 대한 어떤 설문 조사를 하든 순위권에서 빠지지 않는 작품이기도 하다. 《앵무새 죽이기》는 1930년대 미국 남부를 배경으로, 당시 인종 차별의 실상을 어린이의 시점으로 담아낸다. '진 루이즈 핀치'라는 본명보다 '스카웃'이라는 별명으로 알려진 말괄량이 소녀가 주인공인데, 소설은 어른이 된 그가 여섯 살부터 아홉 살까지 있었던 일을 회상하는 방식으로 진행된다.

다양한 에피소드가 나오지만, 그중에서 가장 널리 알려진 장면은 백인 여성을 성폭행한 혐의로 구속된 흑인 남성 '톰 로빈슨'의 재판이다. 그의 변호를 스카웃의 아버지 '애티커스 핀치'가 맡는다. 애티커스는 로빈슨의 무죄를 입증하기 위해 고군분투하고, 그런 아버지를 보면서 스카웃은 백인과 흑인 간 갈등과 평등에 관한 사안을 고민한다. 모든 정황은 피고가 무고하다는 쪽에 기울어 있다. 그러나 재판에서 톰 로빈슨은 유죄를 선고받는다. 애초에 백인 남성으로만 이루어진 배심원단이라는 제도부터가 흑인에게 불합리했다.

당연히 승소하리라고 생각하던 스카웃은 실망한다. 아마 소설을 읽는 대부분의 독자가 그러하듯이. 애티커스는 패소했다. 하지만 이 책을 읽은 누구도 그가 잘못해서 졌다고 여기지는 않을 것 같다. 오히려 애티커스는 상대 논리의 허점을 날카롭게 파고들면서도, 좌중을 사로잡는 감동적인 변론을 했다. 모든 인간은 평등하게 창조되었다는 요지의 항변이다. 기본적으로 백인을 옹호하는 입장에 서 있는 배심원단이 쉽게 평결을 내리지 못하고 오랫동안 회의를 거듭한 이유도 여기에 있다.

《앵무새 죽이기》를 원작으로 한 영화도 만들어졌다. 1962년 개봉한 영화에서 그레고리 펙이 애티커스 역을 맡아 열연을 펼친다(이 영화로 그는 아카데미 영화제 남우주연상을 받는다). 그레고리 펙이 현명한 시민이자, 정의로운 변호사이고, 자애로운 아버지인 애티커스를 멋지게 연기하면서 미국에서는 아들의 이름을 애티커스로 짓는 부모도 꽤 많았다고 한다.

그런데 이제까지 언급한 애티커스의 완벽함이 한순간에

빛을 잃고 마는 사건이 벌어졌다. 2015년에 출간된 하퍼 리의 신작 《파수꾼》 때문이다. 하퍼 리는 원래 《앵무새 죽이기》보다 《파수꾼》을 먼저 집필했지만 세상에 내놓지 않았다. 한데 무슨 연유에서인지 그 원고가 그제야 작가의 동의를 얻어 출간됐다. 《파수꾼》에는 《앵무새 죽이기》에서 어린이였던 진 루이즈(스카웃)가 20대 중반의 성인으로 성장한 이후의 이야기가 담겨 있다.

현재 뉴욕에서 생활하는 진 루이즈는 잠깐 고향에 돌아온다. 며칠 집에 머무는 동안 그는 충격적인 사실과 맞닥뜨린다. 어렸을 때는 미처 알지 못하던 아버지의 비밀이다. 그는 흑인을 배척하는 주민협의회에 애티커스가 참석하는 모습을 목격한다. 게다가 아버지가 흑인을 집단 구타하고 살인까지도 저지르는 극우 비밀결사단체인 KKK에 입단한 적이 있었다는 과거까지 알게 되면서, 그는 아무도 존재를 모르는 우물에 홀로 빠진 듯 절망한다.

진 루이즈는 소망한다. 무엇이 참이고 거짓인지 정확하게 구별해주고, 이쪽의 정의와 저쪽의 정의의 차이를 명확하게 설명해줄 파수꾼이 자신에게 필요하다고. 그러나 그녀는 파수꾼을 잃어버렸다.

  그녀는 파수꾼을 잃어버렸다. 아니 처음부터 그런 사람은 존재할 리 없다. 모호하게 뒤섞인 선과 악의 경계를 분명하게 구분해주고, 내가 혼란에 빠질 때마다 올바른 지침을 내려주는 파수꾼이 대체 어디에 있을까. 있다고 굳게 믿었던 파수꾼이 실제로는 없다는 고통스러운 진실을 받아들이면서 아이의 세계는 부서진다.

  그렇게 어린이는 어른이 된다. 그저 나이가 들고 외양이 변했다고 해서 성인이 되는 것은 아니다. 이런 점에서 진 루이즈는 너무 늦은 성장통을 겪는 중이다. 때때로 나는 신뢰가 아니라, 배신이 자신을 단련시키는 동력임을 체감한다. 그렇게라도 배신의 아픔을 긍정해야 하는 날이 있다. 그것은 다른 사람과의 경쟁에서 어떻게든 이기면, 안락한 삶을 살 수 있다는 유아적인 믿음을 버리는 일이기도 하다. 절대로 틀리지 않을 것이라고 간주하던 본인의 가치관을 의심하기 시작할 때, 그리고 그 의심이 사실로 드러날 때의 통증을 소중히 여겨야 한다. 바로 이것이 우리 성장의 밑거름이다.

산산이 깨어지거나, 거리를 두고 멀어지거나

반면 일찌감치 어른이 된 아이도 있다. 이별에 대처하는 법도 남다르다. 그는 몸이 한쪽으로 기울면 반사적으로 균형을 맞추는 것처럼 이별을 겪으며 고통을 느끼는 것과 동시에 그것에 대한 항체가 분비된다. 이를테면 이별을 맞았을 때 그는 스스로를 둘로 분리시킨다.

《새의 선물》의 주인공인 진희의 이별 대처법이다. 초등학교 5학년 아이도 하는 것을 어른인 내가 잘 해내지 못한다. 이별의 고통은 순식간에 들이닥친다. 방비할 새도 없다. 그래서 이별의 고통이 처음에는 잘 느껴지지 않는다. 실감나지 않는다는 뜻이다. 갑자기 커다란 충격을 받으면 아프다기보다 도무지 정신을 차릴 수가 없는 것처럼. 이별의 고통은 헤어진 다음날부터가 진짜다. 통증은 온 마음, 온몸으로 퍼져나간다. 전쟁이 아니라 대학살이다. 필립 로스는 이것을 '늙음'에 비유했지만 나는 '이별'도 다르지 않다고 생각한다.

이별의 고통을 느끼자마자 그 이별에 대한 항체가 분비되는 경험을 나는 해본 적이 없다. 배울 수 있다면 배우고 싶다. 그러면 이별로 인한 대학살을 막을 수 있기 때문이다. 그나마 나는 덜 부서질 수 있다. 하지만 이별로 인한 전쟁을 피할 수는 없을 테다. 맞서 싸운다고 해서 고통이 사라지지는 않는다. 다만 도저히 못 견딜 아픔에서, 견딜 만한 아픔으로 성질을 바꿔놓기는 할 것이다. 진희는 어떻게 이별의 항체를 만들어낼까. 그것은 자아의 분리로 가능해진다. 진희는 '보이는 나'와 '바라보는 나'로 자기를 나눈다.

스스로를 둘로 나누는 것은 자신에 대한 거리두기면서, 자신과 마주하는 타인들, 그리고 모든 삶에 대한 거리두기다. 이렇게 하는 편이 확실히 내가 받는 상처가 적다. 그러나 부작용도 있다. 자신에 대해, 타인들에 대해, 모든 삶에 대해 몰입할 수 없다는 사실이다. 물론 진희가 이를 부작용으로 여기지는 않겠지만. 이별의 고통을 고스란히 체감한다는 것은, 두 개의 자아로 나뉘지 않은 통합된 내가 그와의 만남에 끝까지 충실했다는 반증이다.

그렇지만 이별의 대학살을 당하고 일어나지 못할 바에야, 이별의 항체를 미리 생성해두는 편이 낫지 않을까. 나는 이런 마음도 없지 않다. 누군가는 비겁한 태도라고 비난할지도 모른다. 하나 때로 어떤 지독한 열애의 결과, 한 사람의 생은 회복

불능이 되기도 한다. 지독한 열애에 온전히 나를 맡긴 다음 산산이 깨어질지, 지독한 열애에서 떨어져 나를 지켜낼지는 각자의 선택이다. 나의 이성은 내가 원하는 것으로부터 나를 지켜내라고 명령한다. 나의 감성은 내가 원하는 것, 바로 그것을 하라고 부추긴다. 그러니 갈팡질팡할 수밖에.

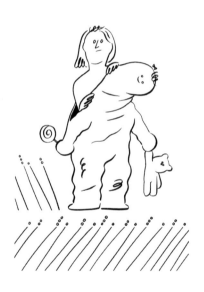

3장

우리를
구원하는 우리

수학처럼 아름다운
삶의 증명

우애수와 한국 사회의 참사화

부산 부일외국어고등학교 학생들과 만난 곳은 2000년 여름 설악산이었다. 그곳은 부일외고와 내가 다니던 고등학교의 공동 수학여행지였다. 낯선 장소에서 처음 본 사이지만, 그때 우리는 열일곱 살 동갑내기라는 공통점이 있었다. 같이 산을 오르며 우리는 이런저런 이야기를 나누었고, 산에서 내려와 각자 버스에 탈 때는 "안녕, 잘 가" 하고 서로 손을 흔들어주기도 했다. 그로부터 얼마 지나지 않아, 나는 그 친구들의 소식을 다시 접하게 되었다. 7월 14일 부산으로 돌아가던 그들의 버스가 고속도로에서 사고를 당했다는 뉴스에서였다. 차량 연쇄 추돌로 인한 추락과 화재로 열여덟 명이 숨지고 아흔일곱 명이 다쳤다고 했다.

　　이상한 기분이 들었다. 우리는 비슷한 시기에 수학여행을 떠났던, 똑같은 열일곱 살짜리들이었다. 그런데 누구는 죽거나 다쳤고, 누구는 무사히 집으로 돌아왔다. 이것을 단지 내가 운이 좋았고, 그들이 운이 나빴다는 식으로 해석할 수 있을까. 명백히 이 사고는 빗길에서 속도를 높이고 안전거리를 확보하지 않은 차량 운전자—어른들의 과실이 빚은 참사였다. 그리고 어른들의 잘못에 의한 아이들의 죽음이 2014년 4월 16일에도 일어났다. 세월호 침몰, 구조 과정, 지금에 이르기까지 사건과 관련된 어른들은 책임자로서 책임을 다하지 않았다.

이제 와 돌이켜 보니 부일외고 버스 사고에서 열일곱 살의 내가 느꼈던 이상한 기분의 정체는 아마 '죄책감'이 아니었던가 싶다. 그들의 죽음이 나와 무관하게 느껴지지 않았다. 원칙과 규정을 지키지 않고, 효율성만 내세우는 어른들이 이끌어가는 사회에서 아이들의 죽음은 흔한 것일 수밖에 없기 때문이다. 운의 여부와 상관없이, 나는 그저 우연히 살아남은 사람에 불과했다. 그 이후, 김은진 씨만큼은 아니라도 나는 살아남은 사람의 책무를 고민하게 되었다. 세월호 참사를 통해서도 마찬가지다. 14년 전과 다를 바 없이 나는 공교롭게 살아남은 사람에 지나지 않았다.

그래서 앞으로 나는 두 가지 할 일이 있다고 생각한다. 하나는 변함없이 세월호 희생자 304명을 애도하고, 그 가족 분들을 위로할 수 있는 방안을 찾는 일이다. 망각과 무관심과 싸우며, 그 사건, 무엇보다 사람들을 기억할 것이다. 다른 하나는 아이들의 죽음을 흔한 것으로 만들어버리는 사회를 바꾸는 데 힘을 보태는 일이다.

2000년에 청소년이었던 나는 어느새 30대 어른이 되었다. 이런 비극을 초래한 사회에 나 또한 어떤 책임이 있다는 뜻이다. 세월호 앞에서 결코 결백할 수 없으므로, 나는 죄책감을 행동의 동력으로 삼아 조금 더 나은 세상에서 아이들이 살 수 있도록 무엇인가를 끊임없이 해볼 작정이다.

문학은 가장 사적인 것을 다룸으로써, 가장 공적인 것을 문제 삼는 예술이다. 더불어 내가 염두에 두는 문학의 역할 중 하나는 '더는 이렇게 살지 않겠다!'는 의지의 불꽃을 점화하는 일이다. 시인이 시로, 소설가가 소설로 피운 불꽃이 더욱 크게 타오르도록, 비평가는 비평으로 풀무질한다. 비평 쓰는 사람으로서 나는 그 일을 더 열심히, 제대로 한번 해보려고 한다. 그것만이 현재 사회를 개선해가는 데, 조금이나마 의미 있게 기여할 수 있는 방법이라고 여기기에 그렇다.

보이지 않는다고 빛나지 않는 것이 아니다

이와 연관해 읽어볼 수 있는 작품이 2000년대 초 오가와 요코가 쓴 장편소설 《박사가 사랑한 수식》이다. 40대 후반에 당한 교통사고로 뇌에 이상이 생긴 수학자가 있다. 정확히 80분마다 기억이 지워지는 박사의 기억은 1975년에 멈춰 있다. 그런 그의 집에서 '교코'는 가사도우미로 일하게 된다. 온몸에 메모지를 붙이고 다니는 박사는 교코와의 첫 만남부터 신발 사이즈를 묻는 등 좀 이상한 사람처럼 보인다. 하지만 박사는 교코가 이야기하는 모든 숫자에 진심을 담아 특별한 의미를 부여하는 마음 따뜻한 사람이다. 80분마다 기억이 지워지기 때문에, 하루에도 몇 번씩 박사는 교코를 처음 본 것처럼 행동하지만 적어도 80분간 둘은 소중한 우정을 나눈다.

특히 정수리가 평평한 교코의 아들에게 '루트'라는 별명을 붙여준 박사는 이런 의미를 이야기해준다. 루트는 어떤 숫자라도 가리지 않고 자기 안에 품기 때문에 관용이 넘치는 기호라고 말이다. 교코와 루트와 박사, 이렇게 세 사람은 매일 매일 이 수로 가득 채워진 새로운 만남을 이어간다.

사실 박사는 탄탄대로를 걷던 인생을 송두리째 잃어버

린 사람이다. 그렇지만 그는 자괴감에 휩싸여 여생을 보내지 않는다. 박사는 자기가 할 수 있고, 해야 하는 일을 한다. 수학에의 몰두다. 그는 교코의 아들에게 붙여준 루트라는 별명처럼 수학으로 다른 사람과 자신을 잇는다. 수학이 문제를 푸는 데만 사용되는 것이 아니라, 자신을 비롯한 타인의 삶까지 새롭게 변화시킬 수 있는 계기로 쓰인다.

예컨대 박사가 논문을 써서 받은 상의 번호와 교코의 생일에서 발견해내는 수의 의미가 그렇다. 박사는 대학 시절 학장상을 타고 부상으로 손목시계를 받았다. 그 손목시계 숫자판 뒤에는 '학장상 NO.284'라는 글자가 새겨져 있다. 그리고 교코의 생일은 2월 20일, 그러니까 220이다. 박사는 교코에게 두 숫자의 약수를 계산해보라고 한 다음, 두 숫자의 관계를 이렇게 설명해준다. 220의 약수의 합은 284이고, 284의 약수의 합은 220이다. 이렇게 짝을 짓는 수들을 가리켜 '우애수'라고 부른다. 페르마와 같은 수학자도 한 쌍밖에 발견하지 못했을 정도로 우애수라는 연결을 찾는 것은 쉬운 일이 아니다. 그러니까 두 사람의 만남도 우애를 맺는 귀한 결합이 아니겠는가.

80분이 지나면 박사는 자신이 이런 말을 했다는 것 자체를 잊어버리겠지. 그러나 그러면 어떤가. 박사는 교코와 그녀의 아들 루트에게 이처럼 따뜻하고 힘이 솟을 말을 또 다시 들려줄 것이 틀림없다. 비록 박사는 기억하지 못한다 해도, 다른 사람의 기억 속에는 분명 그 온기가 전해진다. 박사는 자기도 모르게 다른 사람을 위하는 방향으로 말하고 행동한다. 그의 무의식은 타인의 장점을 찾아내고 칭찬하는 쪽으로 작동한다. 박사는 교코에게 말한다. 직접적으로 생활에 도움이 되지 않는 까닭에 수학이 미학적일 수 있다고. 진실을 발견하는 일이 바로 수학의 유일한 목적이라고 말이다.

실제로 그는 다른 사람에게 내재한 아름다움이야말로 '진실'이라고 생각하는 것 같다. 그것을 밝혀내는 작업이 박사의 수학론이자, 박사가 사랑한 수식이 아닐까.

우리 사회를 더 낫게 진전시킬 수 있는 여러 문학적 가능성―선택지가 있을 테다. 《박사가 사랑한 수식》이 담고 있는 메시지는 우리가 실천할 수 있는 방안 가운데 하나다. 나는 문학이 단순한 유희에 그치지 않는, 우리 모두의 삶을 위한 예술이라는 관점을 버리지 않고 있다. 문학은 오늘날 현실을 조금씩, 그러나 근본적으로 변혁하는 데 기여해야 한다. 교코가 박사와의 만남을 통해 깨닫게 되었듯이. 보이지 않는다고 빛나는 존재가 없는 것이 아니다.

실격당하는 인간과
문학적 삶

다자이 오사무의 우울 너머

지금 저에게 있어서는, 행복도 불행도 없습니다.

그저, 모든 것은 지나가고 있습니다.

제 자신이 이제껏 아비규환으로 살아왔던 이른바 '인간'의 세계에 관해, 단 하나, 진리처럼 생각되는 것은, 그것뿐이었습니다.

그저, 모든 것은 지나가고 있습니다.

저는 올해, 스물일곱이 되었습니다.

흰머리가 부쩍 늘어서인지, 대부분 사람은, 마흔 이상으로 봅니다.

채 마흔이 되기 전에 본인의 삶을 스스로 끝낸 작가가 있다. 그는 스무 살 겨울밤 처음 자살을 기도한 이후 다섯 번에 걸쳐 죽고자 했고, 마침내 서른아홉 살에 세상과 절연한다. 근대 일본 소설가 다자이 오사무의 이야기다. 훗날 후배 작가 미시마 유키오는 그 정도 신경쇠약 따위야 라디오 체조만 꾸준히 해도 극복할 수 있었다고 호기롭게 말했다. 하지만 마흔다섯 살에 자위대의 각성을 촉구하며 할복자살한 그 역시 다자이 오사무와 별반 다르지 않은 신경쇠약— 강박증에 시달리지 않았을까 싶다. 그들이 유독 내면과 가면에 천착한 작품을 쓴 데에는 공통된 연유가 있다. 두 작가는 인간의 자격을 서로 다른 방식, **포기와 초월**로 심문한다.

"작년은 아무 일도 없었다. 재작년은 아무 일도 없었다. 그 전년도 아무 일도 없었다."

1945년 8월 패전 후 일본 신문에 이런 시가 실렸다. 아무 일도 없었던 게 아니다. 작년에도, 재작년에도, 그 전년에도 전쟁이 있었다. 전범국 일본의 역사적 망각을 단적으로 보여주는 예라는 생각이 들지도 모르겠다. 그럴 수도 있겠지. 그런데 조금 다르게 접근해볼 수도 있을 것 같다. 이를테면 이 시가 인생의 쓸쓸한 속성 자체를 담아냈다는 식으로. 모든 것이 가치 없게 여겨지는 허무, 모든 것은 영원하지 않다는 무상 말이다. 정말로 모든 것이 허무하고 무상한지 나는 알지 못한다. 허무하고 무상하지 않은 것도 있을 테다. 다자이 오사무는 그 예로 '사랑과 혁명'을 거론한다.

그는 《사양》을 출간하고 얼마 지나지 않아 스스로 목숨을 끊는다. 사랑과 혁명이 중요하기는 하지만, 사랑과 혁명으로 삶의 전부를 채울 수 없었기 때문이다. 아무리 무엇인가를 열심히 쏟아부어도 삶에는 늘 결핍된 부분이 남는다. 결핍된 부분과 상관없이 삶 전체를 긍정하는 사람이야 물론 있다. 그러나 결핍된 부분이 삶 전체를 압도해버리는 사람 역시 존재한다. 강인한 전자와 나약한 후자. 그렇게 간주하면 정리가 편하다.

그렇지만 이분법은 다양한 양상을 무시한다. 현실과 동떨어져 있다. 강인해지고 싶어도 그럴 수 없는 사람이 많으니까. 나도 그중 하나다. 그래서 나는 많은 일을 겪었는데, 지나고 나면 아무 일도 없었던 듯하다고 느끼는 허무와 무상에 공감한다. 동시에 지금 내가 어떻게든 삶을 버텨내려고 하는 동력도 여기에서 생겨난다고 믿고 있다.

언제나 나는 숭고의 저편으로 넘어가는 인간보다, 파국의 이편으로 허물어지고 마는 인간 쪽에 눈길이 갔다. 그것이 감추려고 무던히 애쓰던 나의 이면이었기 때문이다. 삐뚤어진 나르시시즘이라고 폄하해도 어쩔 수 없다. 이제껏 나는 인간이되, 인간의 자격을 잃고 스러지는 이들을 편애해왔다. 이를테면 다자이 오사무가 목숨을 끊은 해에 출간된《인간 실격》의 주인공

'요조'가 그렇다. 이 소설은 그가 남긴 수기가 중심 서사를 이룬다. 부끄럼 많은 생애를 보냈다고 시작되는 요조의 글은, 올해 스물일곱 살이 된 자기를 대부분의 사람들은 마흔 살 이상으로 본다고 하며 끝난다.

청년과 노년이 한 몸에 융화된 기묘한 형상의 요조가 더이상 자신은 인간일 수 없다고 고백하는 순간, 공교롭게도 나는 오늘날 한국에 사는 청년과 노년의 모습을 떠올렸다. 지금 여기에서 비非인간으로 내몰리는 청년과 노년을 너무 많이 본 탓이다. 이들은 텅 빈 인간, 인간 아닌 인간이 돼가고 있다.

쓸모를 묻는 질문에 저항하며 산다는 것

요조에게는 희한한 버릇이 있다. 그는 명사를 희극 명사와 비극 명사로 분류한다. 예컨대 요조의 사고체계 안에서 전철과 버스는 희극 명사이고, 증기선과 기차는 비극 명사다. 그는 반의어도 특이하게 규정한다. 하양의 반의어는 빨강, 빨강의 반의어는 검정이라는 식이다. 요조는 왜 그런 분류를 하는지 이해 못하는 사람은 예술을 논할 자격이 없다고 단언한다. 물론 그의 말을 납득할 수 있는가의 여부는 아무 상관이 없다.

다만 우리가 요조의 놀이에 잠깐 동참해볼 수 있지는 않을까. 어떤 명사를 희극과 비극으로 나눠보고, 그와 반대되는 낱말을 찾아보자는 것이다. 가령 나이에 비해 빨리 늙어버린 요조가 체현한, 청년과 노년의 양태를 나란히 놓고 생각해보면 어떨까. 청년과 노년은 희극 명사인가, 비극 명사인가? 현재 우리가 같은 사회를 살고 있다면, 비극 명사라고 답할 수밖에 없을 것 같다. 다분히 반어적 의도에서 희극 명사라고 답하는 사람도 있으리라.

사실상 청년과 노년은 한 쌍으로 된 한 개의 단어다. 청년과 노년을 가르는 기준은 젊음과 늙음의 차이뿐이다. 청년과 노년은 내재적으로는 반의어지만, 외재적으로는 동의어로 묶인다. 한데 요조의 말마따나 모든 것은 지나간다. 더 정확하게 말하면, 청년과 노년의 시차는 고정되지 않고 순환한다. 청년 혹은 노년의 자리에서 우리가 겪고, 겪을 일은 돌고 돈다.

청년과 노년의 함의는 변화하며 거듭된다. 특정 범주의 오류는 희극 명사와 비극 명사 중 하나를 고르는 동시에 발생한다. 결정을 내릴 수 없다는 결정을 하는 것 외에는 방도가 없는 상황에서, 대안의 실마리는 우리가 청년과 노년을 어떤 명사로 획득하느냐와 결부된다. 한국의 청년과 노년은 다 같이 비참해지고 있다. 계속 이대로 놔두면 사태는 걷잡을 수 없이 나쁜 쪽을 향해 갈 테다. 청년과 노년이 비극 명사로 굳어지며, 삶의 동력이 상실되는 비극적 결말을 맞지 않으려면 무엇이든 시도하지 않으면 안 된다.

어떻게든 해보고 실패하는 편이 안타깝게 지켜보고만 있는 것보다는 낫다. 미약하나마 개선 가능성은 그런 움직임으로부터 비롯된다. 나는 갑작스러운 변혁을 외치는 무리를 신뢰하지 않는다. 그들은 하나의 거대한 전환이 세계와 그 속에서의 삶 전체를 바꿔놓을 수 있다고 목소리를 높인다. 그렇지만 역사는 혁명의 기치를 내걸고 자행된 끔찍한 여러 사례를 잊지 않고 기록해두었다. 어떤 진리도 황홀한 이상향을 깜짝 선물처럼 안겨주지 않는다. 우리가 기대를 걸어도 좋은 것은 지식을 신봉하는 인간이 아니다. 진리를 수행하는 주체의 진득한 실천이다. 나는 문학이 거기에 이르는 방법 중 하나라고 생각한다.

나에게 써먹지 못하는 문학은 해서 무엇하느냐 하는 질문을 던지신 어머니, 이제 나는 당신께 내 나름의 대답을 하지 않으면 안 되겠다. 확실히 문학은 이제 권력에의 지름길이 아니며, 그런 의미에서 문학은 써먹는 것이 아니다. 그러나 역설적이게도 문학은 그 써먹지 못한다는 것을 써먹고 있다.

1975년 문학평론가 김현은 '문학은 무엇을 할 수 있는가'라는 글에서 이렇게 썼다. 그는 문학이 배고픈 거지 한 명 구할 수 없지만, 무용함이야말로 문학의 소중한 가능성이라고 주장했다. 문학의 쓸모없음은 우리를 옥죄는 관심으로부터의 자유를 선사한다.

이것은 문학이 가진 억압 없는 쾌락이다. 동시에 문학은 이냥저냥 살아왔던 삶에 반성을 촉구한다. 그러면서 인간에게 덧씌워지는 모든 제약을 부정하고, 세계 개조의 당위성을 강조한다. 문학의 가치를 옹호한 견해를 서술했으나 새삼스레 문학을 절대화하려는 의도는 아니다. 중요한 것은 문학이라기보다, '문학적 삶'이다. 제도 안에서 제도 밖을 상상하는 행위가 문학적 꿈이라고 한다면, 그에 합치하는 모든 작업은 문학적 인자를 포함한다고 할 수 있다. 쾌락 원칙에 자족하지 않고, 그것을 밀고 나가 현실의 결핍과 부정을 드러내는 활동. 더 나은 미래를 위한 그 일을 해야 한다.

우리를 구원하는 우리

비추고 비치는 빛

책을 살 때 나름대로 까다로운 기준을 적용하는 편이다. 내용, 저자, 출판사, 표지, 가격 등을 꼼꼼히 따져본다. 가끔 그렇게 못할 때도 있다. 매력적인 제목에 홀리는 경우다. 그러면 순간적으로 이성적 판단은 멈춰버리고, 손은 이미 그 책을 집어들고 있다. 물론 그러고 나서 후회한 적도 많다. 하지만 아무리 봐도 이 책은 사기를 잘했다는 생각이 든다. 아담 자가예프스키가 쓴 '타인만이 우리를 구원한다'라는 제목의 시집이다. 여기에서 나는 〈타인의 아름다움에서만〉이라는 시를 특히 아낀다.

타인의 아름다움에서만

위안이 있다, 타인의

음악에서만, 타인의 시에서만.

타인들에게만 구원이 있다.

아담 자가예프스키, 최성은·이지원 옮김, 〈타인의 아름다움에서만〉,《타인만이 우리를 구원한다》, 문학의숲, 2012

이 시를 읽고 나는 타인의 존재를 다시 한 번 긍정하게 됐다. "타인은 지옥이다"라는 말도 있지만, 나는 "타인만이 우리를 구원한다"라는 말이 더 마음에 든다. 자가예프스키가 쓴 시에 따르면, 당신은 '나'의 타인이고 '나'는 당신의 타인이다. 불가피해서 다행스럽게, 당신과 '나'는 연결될 수밖에 없다. 위안과 구원의 주체이자 대상으로 우리는 함께 산다. 이러한 테마를 떠올리며, 백여 년 전 출간된 캐나다 소설을 이야기해보고 싶다. 발표된 지 한 세기가 넘었으니 보나마나 고리타분하지 않겠느냐고 지레짐작할지도 모르겠다. 그러나 이 소설은 재미있고 감동적인 애니메이션으로 만들어진, 우리에게 아주 친숙한 작품이다. 바로 《빨강머리 앤》이다.

"주근깨 빼빼 마른 빨강머리 앤. 예쁘지는 않지만 사랑스러워." 초등학교 시절 나는 빨강머리 앤 주제가를 따라 부르면서 친구들과 동네를 누비고 다녔다. 아마 다들 《빨강머리 앤》과 관련된 추억 하나쯤은 갖고 있지 않을까 싶다. 이 작품의 앞부분 줄거리는 이렇다. 캐나다 에이번리 마을의 초록 지붕 집에는 남매인 매슈와 마릴라가 살고 있다. 두 사람은 농사일을 도울 소년을 입양하기로 한다. 그런데 중간에 착오가 생겨, 남자

아이 대신 빨강머리의 여자아이 앤이 초록 지붕 집으로 오게 된다. 매슈는 성격이 밝고 감수성이 풍부한 앤을 마음에 들어 한다. 처음에는 그녀를 돌려보낼 작정이었던 마릴라도 결국 앤을 키우는 데 동의한다.

앤은 이웃에 사는 같은 또래의 다이애나와 단짝이 돼, 에이번리 마을에서의 일상을 즐겁게 보낸다. 그렇다고 앤에게 항상 좋은 일만 있던 것은 아니다. 앤은 자기 머리를 '홍당무'라고 놀린 길버트를 오랫동안 미워한다. 또 실수로 주스 대신 과실주를 다이애나에게 주는 바람에, 함께 놀지 못하는 안타까운 상황에 처하기도 한다. 그러나 그러한 시련이 앤을 계속 괴롭히지는 못한다. 앤이 다이애나 동생 미니 메이의 급성 후두염을 치료해 준 덕분에 다이애나 엄마의 화가 풀리고, 나중에는 길버트와도 화해한다.

15살이 된 앤은 선생님이 되기를 꿈꾼다. 공부를 잘하는 그녀는 상급학교인 퀸스 학교에 입학하고 수석으로 졸업한다. 장학금까지 받은 앤은 대학에 들어갈 수 있다는 기대에 가슴이 두근거린다. 한데 주변 상황이 안 좋게 돌아간다. 갑작스럽게 매슈가 심장마비로 세상을 떠나고, 마릴라의 건강도 나빠졌다.

앤은 대학 진학을 포기하고, 소중한 추억이 깃든 초록 지붕 집을 지키기로 한다. 여기까지가 《빨강머리 앤》 1권에 담긴 에피소드다.

많은 사람들이 《빨강머리 앤》의 주인공 앤 셜리를 '주근깨, 빼빼 마른, 빨강머리' 세 가지 키워드로 기억한다. 그렇지만 그녀는 범상치 않은 용모의 말괄량이만은 아니다. 앤은 시인의 자질을 타고났다. 앤은 고아원 주변에 심어진 연약한 나무들이 자신과 같은 고아처럼 보였다고 말한다. 그래서 앤은 나무들한테 숲 속에 다른 나무들과 함께 있었다면 잘 지낼 수 있었을 텐데 여기서는 힘들 것이라고 말을 걸기도 한다.

앤은 자연과 대화할 줄 안다. 자연을 그냥 주어진 환경으로 받아들이는 사람과 달리, 그녀는 자연과 감정적으로 교류하고 그 과정과 결과를 언어로 표현할 줄 안다. 또한 사물과 장소의 이름을 새로 짓고 자신만의 고유 명사로 모든 것을 다시 상상할 줄 안다. 과연 이 아이를 시인이라고 부르지 않을 도리가 있을까. 앤은 자연에서 경이로움을 발견할 줄 아는 어린 시인이다. 앤은 자연이 아름다울 수 있는 가능성을 포착해 아름다움의 이면에 대해 쓴다. 이때 아름다움은 티 없이 맑고 깨끗한 상태만을 가리키지 않는다. 앓고 있는, 앓은 다음에 생겨나는 불투명한 아름다움이야말로 앤이 가진 미학적 서정이다. 그리고 반짝이는 그녀의 심성이 주변의 모든 것을 반짝이게 한다.

애초에 앤은 초록 지붕 집에 입양될 아이가 아니었다. 그래서 마릴라는 앤을 고아원으로 돌려보내려고 했다. 마릴라는 저 애가 무슨 도움이 되겠느냐면서 매슈에게 동의를 구하지만 매슈는 돌연 뜻밖의 말을 했다. "우리가 저 아이한테는 도움이 되겠지." 《빨강머리 앤》에서 내가 뽑은 제일 감동적인 부분이다. 매슈의 빛이 전해지면서 앤은 자기만의 색채로 빛난다. 아니 그 전에 앤의 빛이 매슈에게 먼저 닿았던 것일 테다. 그로 인해 있는지조차 몰랐던 매슈의 빛이 깨어났다. 같은 메커니즘으로 나중에는 마릴라도 빛을 낸다.

《빨강머리 앤》은 서로에게 빛을 나누면 다 같이 환해진다는 메시지를 전하는 소설이다. 적어도 나에게는 그렇게 읽힌다. 그저 혼자만 빛나는 것에 무슨 되새길만한 가치가 있을까. 앞에서 나는 우리가 피차 타인일 수밖에 없으므로, 우리는 구원을 하는 사람이자 구원을 받는 사람이라고 썼다. '만인의 만인에 대한 투쟁'이라는 오래된 정치적 명제가 있다. 《타인만이 우리를 구원한다》와《빨강머리 앤》을 읽으며, 나는 그것이 '만인의 만인에 대한 구원'이라는 문학적 명제로 치환될 가능성을 찾을 수 있었다. 우리를 구원하는 것은 우리뿐이다.

100퍼센트
확률의 기적

히가시노 게이고와 정세랑의 환상적 접점

돈은 인생에서 중요한 것이 아니라고 따뜻하게 말하는 사람을 믿지 않는다. 돈으로 살 수 있는 것을 충분히 누리고 있는 이들일수록 돈으로 살 수 없는 것을 강조하는 역설적인 세태를 여러 번 봤기 때문이다. 화폐와 상품의 교환 관계가 작동하는 세상에서 돈이 하찮을 리 없다. 차라리 돈은 인생에서 중요한 것이라고 냉정하게 말하는 사람이 미덥다. 물질적인 보상을 바라지 말고 추상적인 가치를 추구해야 한다는 조언('열정 페이' 같은 말도 안 되는 말이 대표적이다)은 구체적인 모순을 은폐하는 데 자주 이용되는 알리바이기도 하다.

돈이 있으면 죄가 없고 돈이 없으면 죄가 있다. 30여 년 전 서울에서 인질극을 벌인 지강헌이 절규한 "유전무죄 무전유죄"는 이제껏 살며 보고 듣고 느낀바, 지금까지도 한국에서 유효한 명제인 듯하다. 그렇다면 무전無錢을 넘어 과도한 부채에 시달리는 오늘날 한국인들은 대죄를 지은 것이라고 할 수 있겠다. 무엇보다 안타까운 사실은 우리의 삶이 '빚', '신용불량',

‘파산’, ‘아르바이트’ 등 궁핍과 생존의 어휘들로만 가득하다는 점이다.

자본주의의 법은 빚을 진 사람이 아니라 빚을 지우는 자본을 보호하는 데 온 힘을 다한다. 그래서 ‘한방에 인생 역전’을 노리는 사람들로 로또 판매점은 항상 붐빈다. 로또 1등 당첨 확률이 ‘814만 5060분의 1’이라고 한다. 벼락 맞아 사망할 확률보다 두 배 더 높은 수치다. 로또의 꺼지지 않는 열기는 1등 당첨금 수십억 원이 아니고서는, 인생을 바꿀 수 없다고 여기는 사람들이 그만큼 많다는 것을 방증한다.

모두가 지금보다 더 나은 미래가 펼쳐지기를 바란다. 그렇지만 그럴 만한 기미가 도무지 보이지 않아, 우리는 기적이 일어나기를 꿈꾼다. 한데 나는 우리가 기대할 수 있는 기적이 로또 1등 당첨이라고만은 생각하지 않는다. 오히려 그런 기적은 행복의 가면을 쓴 불행일지도 모른다. 로또 1등에 당첨된 다음, 가족을 비롯한 인간관계가 파탄났다는 여러 뉴스가 그것을 예증한다. 그렇다면 진짜 기적은 무엇일까. 두 편의 소설을 간략하게 살펴보면서, 우리의 삶을 더 낫게 변화시킬 기적에 대해 이야기해보려 한다. 814만 5060분의 1의 확률로 얻을 수 있는 특별한 기적이 아니라, 100퍼센트의 확률로 얻을 수 있는 확실한 기적. 이것이야말로 우리가 필요로 하는 진짜 기적이 아닐까.

기적의 사례 1 : 타인에게 귀를 기울인다는 것

몇 시간 전 범죄를 저지른 세 명의 좀도둑, 아쓰야·쇼타·고헤이가 경찰의 눈을 피해 어느 폐가에 몸을 숨긴다. 그곳은 더 이상 운영되지 않는 낡은 잡화점이다. 한밤중에 몰래 들어온 어수룩한 삼인조는 거기에서 이상한 일을 겪는다. 잡화점 주인 앞으로, 갑자기 어디에선가 편지가 한 통 도착했다. 호기심에 그들은 편지를 읽는다. 편지를 보낸 사람은 잡화점 주인에게 아주 진지한 고민을 털어놓고 조언을 구하고 있다. 알고 보니 편지는 수십 년 전에 작성됐다. 잡화점에서는 시간을 초월해 편지가 배달되는 기묘한 일이 일어나고 있었다.

죄는 범했으나 마음씨 착한 세 사람은, 지금 여기에 없는 잡화점 주인 대신 고민 상담을 해주기로 결심한다. 이들은 자기 문제인양 머리를 싸매고 열심히 답장을 쓴다. 몇 십 년 전을 살고 있는 누군가와 편지를 주고받으며, 자기한테 아무 이득도 없는 고민 상담에 열성적으로 임한다. 고헤이는 이렇게 말한다. 몇 마디만으로도 받는 쪽의 느낌은 다를 것이라고. 당신이 힘들어한다는 건 잘 알겠으니 어떻든 열심히 살아 달라는, 그런 응원만으로도 힘이 될 것이라고.

기적의 사례 2: 우리가 문학을 읽는다는 것

형광기가 도는 바지락칼국수를 먹고 초능력이 생긴 삼남매가 있다. 이 소설의 제목이기도 한 재인, 재욱, 재훈이다. 그들에게는 불만이 하나씩 있다. 연구원인 첫째 재인은 실험실에서 사용하는 약품 탓에 손톱 상태가 늘 엉망이다. 회사원인 둘째 재욱은 몇 년 전 사고를 당해, 주변 상황에 대응하고 분위기를 맞추는 데 어려움을 느낀다. 그는 '누군가 중요한 말, 중요한 일에만 다른 색깔로 표시를 해주면 좋겠다고 생각'한다. 고등학생인 셋째 재훈은 오래된 아파트의 느린 엘리베이터를 기다리느라 학교에 지각하기 일쑤다.

이들의 고민은 형광 바지락칼국수 덕분에 초월적으로 해결된다. 재인은 강철보다 강한 손톱을, 재욱은 위험을 감지하는 눈을, 재훈은 엘리베이터를 뜻대로 조종할 수 있는 마음을 갖게 됐다. 화려하고 거창한 초능력은 아니다. 하지만 그들은 우연히 얻은 능력을 본인의 자리에서 제대로 활용하면서 사람을 구한다. 요란하지 않고 은밀하게. 그 뒤 삼남매는 같이 슈퍼 히어로 영화를 보며 이야기를 나눈다. 슈퍼 히어로는 몰라도 구조자는 많으면 많을수록 좋다고. 그리고 남을 돕는 일을 통해 구조자 자신도 구해지는 것이라는 데 이들은 동감한다.

비평을 쓰며 살고 있는 나로서는 삶의 기적을 문학과 관련지어 생각할 수밖에 없다. 가끔 이런 질문을 받는다. "너무 바빠서 뭘 읽을 시간이 없습니다. 하루하루 살기도 벅찬데, 굳이 문학 작품을 읽어야 하는 이유가 무엇인가요?"

이와 같은 물음에 답하는 일은 여전히 곤혹스럽다. 모범 답안을 모르는 것은 아니다. 대학 일학년 때 수강했던 문학 개론 수업에서부터, 문학의 역할과 의의는 반복적으로 보고 들어서 이제는 외울 정도다. 그래도 배운 그대로 답변할 수는 없었다. 교과서에 적힌 내용만으로는 그들이 원하는 답을 해주지 못한다.

고민이 깊었으나 결론은 단순하게 내렸다. 문학 작품을 읽으면서 스스로 체감한 점을 솔직하게 밝히자. 현재 내가 대면하고 있는 문제와 관련지어 절실하게 느낀 점을 가감 없이 전하자. 서툴더라도 그렇게 하는 편이 그 시간, 그 장소에서의 진실한 응답이 되리라고 여겼다. 따라서 동일한 물음에 대한 나의 대답은 항상 다를 수밖에 없었다. 요새는 《절망의 나라의 행복한 젊은이들》의 논지를 참고해 말한다.

이 책의 저자는 자신과 무관하다고 느껴지는 타인에 대해 우리는 아무런 연민도 책임도 가지지 않음을 지적한다. 그러므로 핵심은 자신과 타인이 유관하다고 느끼는 상상과 이입의 능력을 발휘하는 것이다. 그러는 데 문학이 쓸모가 있다.

문학은 나 자신의 범위를 확장해, 누군가에 대한 상상을 하는 데까지 나아가도록 추동한다. 저곳에 있는 모르는 사람이 이곳에 있는 나 자신이었을 수도 있다는 인식, '그—나'의 행복과 불행이 별개로 떨어져 있지 않고 밀접하게 연결돼 있다는 마음을 잃지 않도록. 내밀한 서정과 서사로, 광대한 소통과 공감을 지향하는 문학은 '사람이라는 단수'와 '사람들이라는 복수'를 매개한다. 개인의 독립적 생존은, 모두가 함께 사는 삶이 전제되는 한에서 성립한다. 홀로 살아남으려고 발버둥 칠 때 사람은 괴물로 변한다. 군이 문학 작품을 읽어야 하는 이유는 우리가 괴물이 아닌 사람으로 살아가기 위해서라고, 나는 답하고 싶다.

탈출구가 막힌 절망의 나라에서, 잘살 수 있다는 희망을 잃지 말라는 격려가 오히려 실재를 기만하는 술책이라는 지적은 타당하다. 그러나 현상을 적시하는 것만으로는 충분하지 않고, 그렇다고 구세주가 나타나기를 학수고대할 수만도 없다. 그러니까 지금 여기에서 불만과 분노를 차곡차곡 갈무리한 모든 사람이 직접 나서야 한다. 그렇게 해서 막힌 탈출구를 어떻게든 열어젖히거나, 새로운 탈출구를 모색해 죽을힘을 다해 뚫어야 한다고 나는 믿고 있다. 안 그러면 평생 한숨만 내쉬다 허망하게 죽고 말겠지. 이제는 이렇게 살지 않겠다는 열망과 투지를 불태울 때가 아닌가 싶다.

괴물이나 기계가 되지 않으려고, 온전한 사람으로 살려고, 우리는 문학 작품을 읽는다. 이것이 내가 염두에 둔, 빈곤한 현실을 문학적 현실로 재구성하는 100퍼센트 확률의 기적이다.

우리가
함께일 수 있다면

회자정리의 애도

사람과 사람이 만나고 헤어지는 일을 인생이라고 하는 것 같다. 만나면 반드시 헤어지는 회자정리의 운명에서 우리는 벗어날 수 없다. 그렇게 보면 과연 덧없는 삶이구나 싶지만, 덧없음을 덧없어 하며 사는 일도 인생이라고 하는 것 같다. 그런 인생을 담은 단편이 작가 이상이 죽기 반년 전 발표한 〈봉별기〉다. 제목 그대로 '나'와 금홍이 만나고(봉逢) 헤어진(별別) 사정을 기록한(기記) 작품이다. 소설은 이별주를 마신 금홍이 노래 부르는 것으로 끝난다. "속아도 꿈결 속여도 꿈결 굽이굽이 뜨내기 세상 그늘진 심정에 불 질러 버려라 운운" 하는 가사다('가을방학'의 노래 〈속아도 꿈결〉도 〈봉별기〉를 모티프로 만들어진 곡이다). 속이는 사람도 속는 사람도 꿈을 꾸는 어렴풋한 동안만 산다. 그러니까 우리는 세상의 뜨내기라는 뜻이다.

그런데 어차피 세상의 뜨내기로 살아갈 수밖에 없다면, 혼자 살기보다 누군가와 함께 있는 편이 낫지 않을까? 그것을 다른 말로 바꾸면, '존재론적 사랑'이라고 할 수도 있을 듯하다.

그러면서 나는 사랑의 형식에 대해 생각해보게 된다. 교환이 사랑의 형식일 수 있을까 하고 말이다.

한 가지 가정을 해보면 어떨까 싶다. 동일한 값어치를 지닌 물건을 각각 A와 B가 갖고 있다. 어느 날 B가 A에게 서로 가지고 있는 것을 맞바꾸자고 제안한다. 과연 A는 어떻게 할까. 두 사람이 가진 것이 똑같은 가치를 갖고 있으니까 번거롭게 바꿀 필요가 없다고 답한다면, A는 명실상부한 '경제적 주체'라고 할 수 있다. 반면 각자 가지고 있는 물건의 가치가 같든 말든 둘을 바꿔도 괜찮다고 답한다면, A를 마땅히 '사랑의 주체'라고 불러도 좋겠다.

앞의 경우가 물건을 주고받는 행위를 쓸데없는 것으로 받아들이는 데 비해서, 뒤의 경우는 그것을 통해 어떤 가치가 새롭게 덧붙여진다는 사실을 직감적으로 알기 때문이다. 교환에 관해서 마르크스(맞다. 바로 그 공산주의 이론가 마르크스다)는 청년 시절에 이런 글을 쓰기도 했다.

그대의 모든 관계는 그대의 의지의 대상에 상응하는, 그대의 현실적 개인적 삶의 특정한 표출이어야 한다. 그대가 사랑을 하면서도 되돌아오는 사랑을 불러일으키지 못한다면, 다시 말해서 사랑으로서 그대의 사랑이 되돌아오는 사랑을 생산하지 못한다면, 그대가 사랑하는 인간으로서 그대의 생활 표현을 통해서 그대를 사랑받는 인간으로 만들지 못한다면 그대의 사랑은 무력한 것이요, 하나의 불행이다.

한 번에 이해되지 않는 알쏭달쏭한 말이다. 실제로 이 책은 해석하는 사람마다 견해가 달라 툭하면 논쟁이 벌어진다. 나는 이렇게 받아들였다. 사랑의 주체가 되지 않는 한, 이전보다 가치가 더 늘어나는 교환은 결코 일어나지 못한다고. 다시 말하면 사랑의 주체에게 있어서 교환은 단순히 소유권을 바꾸는 것이 아니라, 상호 관계망 안에서 의미를 더 많이 더 크게 늘리는 일과 같다.

델핀 드 비강 작가의 소설《길 위의 소녀》를 이야기하려고 새삼 교환과 사랑의 메커니즘을 거론했다. 비강 작가가 2016년 11월 한국에 온 적이 있었다. 그때 같이 대담을 했는데, 그의 여러 저작 중에서 특히《길 위의 소녀》를 중심으로 많은 이야기를 나눴다.

사랑과 이별 이후 조금은 견딜 만해지는 삶

이 소설은 2007년에 출간돼 프랑스 서점대상과 로터리상을 받은 작품으로, 영화로도 만들어져 사람들에게 많이 알려졌다. 《길 위의 소녀》는 월반해서 고등학교에 다니는 열세 살 천재 소녀 '루'와 열여덟 살 노숙자 소녀 '노'의 만남과 이별―회자정리를 그리고 있다. 학교 발표 과제를 준비해야 했던 루는 노숙자 소녀에 대한 인터뷰를 하기로 하고, 길 위의 소녀 노와 주기적으로 만나면서 그의 이야기를 듣는다. 루는 항상 위협에 시달리며 거리를 떠도는 노에게 점점 마음이 쓰이기 시작한다. 그러나 루의 주변 사람들은 두 사람의 관계를 걱정스러운 눈길로 바라본다. 신문 파는 아줌마는 루에게 말한다. 노는 '너하고는 다른 세상에서 사는 애'라고. 그렇지만 루는 그 말에 수긍하지 않는다. 각자의 세상에서 사는 것은 괜찮다고. 우리는 그럴 수밖에 없다고. 그러나 그것이 고립으로 이어져서는 안 된다고.

루는 홀로 단절된 인생이 아니라, 다른 사람과 겹치고 얽히는 인생을 살기를 바란다. 이런 그의 소망은 언제부터인가 혼자만 잘살아보겠다고 눈 감고 귀 막고 살던 나를 놀라게 한다.

나이를 먹어가면서 융통성을 습득하는 것은 맞지만, 그와 동시에 비겁해지는 것도 사실이니까. 루는 용기 있는 소녀다. 그래서 사라진 노를 모른 척하지 않고 이리저리 찾으러 다닌다. 비록 소리 내어 말하진 못했지만 루의 마음은 이랬다. 네가 완벽한 사람은 아니지만, 오히려 세상 살기에 부족한 게 많지만, 실은 나도 그렇다고. 그래서 더욱 함께 있고 싶다고 말이다.

　이것을 두 소녀의 우정이라고 읽는 사람도 있겠지만, 앞에서 길게 썼다시피 나는 두 소녀의 사랑으로 읽고 싶어진다. 하지만 모든 것이 그렇듯, 이들의 관계도 영원할 수는 없다. 가끔 노는 "우리는 함께인 거지, 루? 우리는 함께야?"라고 절실하게 묻지만, 우리는 답을 이미 알고 있다. 언제까지나 함께일 수는 없다는 것을. 한데 그러면 어떤가. 이별하고 나서도 사랑은 끝나지 않기 때문이다. 사랑의 끝은 이별이 아니다. 진지한 사랑에 빠져보았던 사람은 경험적으로 그 사실을 알고 있다. 이에 대해 더 정확히 말하려면 이런 식으로 써야겠지. '사랑하고 이별하며 사랑한다.' 처음도 나중도 사랑, 그 사이에 위치한 이별마저도 사랑의 과정이다.

　잘은 모르지만, 뭔가를 얻기보다 뭔가를 잃으며 사는 일이 인생의 본질에 더 가깝다고 생각한다. 그렇다면 중요한 것은 잃음 자체가 아니라, 잃고 난 뒤의 어떤 태도일지도 모르겠다. 되찾지 못한다는 점에서 상실은 죽음과 같다. 따라서 상실한 다음에 우리가 통과하지 않으면 안 되는 것은 애도의 과정이다.

애도는 만남이 끝난 이후에도 지속되는 사랑이다. 애도는 사라진 대상을 위한 진혼이자, 남은 자들이 제대로 살아가기 위한 의식이기도 하다. 극적인 위로나 치유의 순간은 없다. 각자의 애도는 담담하게 이루어진다. 물론 애도를 잘한다고 흉터가 안 남는 것은 아니다. 그러나 충실한 애도—사랑을 하면, 흉터를 감추거나 부끄러워하지 않게 된다. 어느 누구도 상처 없이 살기는 불가능하다. 상처 입었음에도 불구하고, 상처가 아문 흔적을 간직한 채 다시 살아가는 것이다. 세상의 뜨내기인 우리의 삶은 사랑의 교환 속에서 조금은 견딜 만해진다.

긍지의
공동체를 위하여

비극적 간극에 내재한 희망

정치가 과연 비통한 자들을 위한 것일 수 있을까. 정치는 '적과 동지의 구별'일 뿐이라는 칼 슈미트의 정의가 현실 정치에 더 잘 부합하는 것은 아닐까. 나는 실제 정치를 모르지만 정치권 소식을 접할 때마다 이런 생각에 잠기곤 한다. 그러다 '민주주의의 마음을 치유하기Healing the Heart of Democracy'라는 원제를 가진《비통한 자들을 위한 정치학》을 접했다.

미국의 교육지도자이자 사회운동가인 파커 J.파머는 이때 마음을 단순한 감정이 아니라, 감각과 연동하는 복합적인 앎의 총체로 규정한다. 사실 이것이 정확히 무엇인지 가늠하기는 쉽지 않다. 하지만 그가 주창하는 정치론이 비통한 자들을 위한 것이라는 점만은 분명하다. 이는 절망한 이들이 마음과 마음의 연결을 통해 비관주의와 냉소주의를 극복하고 이뤄내야 하는 정치적 실천으로 이어진다.

그러면서 파커 J.파머는 두 가지 종류의 비통함을 언급한다. 하나는 고통을 피하려고만 하다 보니 그것에 취약해져서

'마음이 부서져 흩어져버리는 것broken apart', 다른 하나는 고통에 의식적으로 맞닥뜨리면서 마음을 단련함으로써 '마음이 부서져 열리는 형태로 나아가는 것broken open'이다.

그는 갈등을 회피하지 않아야 자신과 세계 속에서 더 많은 것을 배우고 느낄 수 있다고 주장한다. 작은 상실과 실패를 우리가 기꺼이 받아들여야 한다는 말이다. 요점은 알겠다. 그러나 그렇게 하는 일은 어렵다. 나는 고통을 겪음으로써 좌절을 맛보고 싶지 않다. 속물이라고 욕해도 어쩔 수 없다. 고통과 기쁨의 양적 질적 차이를 고려해야 함을 알지만, 고통은 최소화하고 기쁨은 최대화하는 삶을 살고 싶은 게 인지상정이니까. 나도 다르지 않다.

저자 역시 그 부분이 난제임을 인정한다. 그렇지만 그는 비극과 희망의 간극 속에서도 희망을 포기하지 말아야 한다고 역설한다. 긴장을 끌어안고 살되 그러기 위해 따라야 하는 지침이란, 이상과 현실의 괴리에도 불구하고 희망을 놓지 않고 살아가는 태도다. 희망이 보여서 희망을 낙관하는 게 아니다. "보이는 것을 바라는 것은 희망이 아니므로"(마종기), 희망이 지금 여기에서는 도무지 보이지 않기 때문에 이를 희망이라고 부를 수 있다는 뜻이다. 혹시 누군가 나에게 그리 할 수 있느냐 묻는다면 어떨까. 차마 나는 고개를 끄덕이지 못하겠다. 이미 내 마음은 부서져 흩어져 버렸는데, 내 마음이 부서져 열렸다고 스스로마저 속이고 있는지도 몰라서.

하지만 나 혼자서는 감당할 수 없는 일을 공동체는 감당할 수도 있다. 조직과 공동체는 다르다. 조직은 내부의 이질적인 것을 배제하는 방식으로 유지된다. 조직에 속해 있는 사람들은 일사불란하게 움직이는 '**하나의 순수한 집단이라는 환상**'을 공유한다. 일부러 따옴표로 강조 표시를 했다. 이와 같은 믿음이 신기루임을 분명히 해두고 싶어서다. 게다가 이런 인식은 매우 위험하기까지 하다. 역사에서 배운 파시즘이나 나치즘이 별게 아니다. 순일한 국가를 만들겠다는 헛된 야망이 인류의 비극을 초래했다.

반면 공동체는 내부의 이질적인 것을 용인하는 방식으로 유지된다. 더 정확히 말해, 공동체는 '**이질적인 것 자체가 부분집합으로 모인, (공집합을 포함하는) 전체집합**'이라고 할 수 있다. 역시 강조 표시를 했다. 조직이 아닌 공동체의 명제가 우리 사회에 더 많이 확산되길 바라기 때문이다.

그럼에도 타인을 포기하지 않는다는 긍지

매튜 워처스 감독의 영화 〈런던 프라이드〉는 그런 역할을 할 만하다. 이 작품은 1984년 영국에서 실제 일어난 사건에 바탕을 두고 있다. 당시 총리였던 마가렛 대처는 대규모 탄광 폐쇄 정책을 공표한다. 석탄 산업 구조조정 방안으로 시행된 일방적 결정이었다. 당연히 광부 노조는 반발했다. 그들은 파업에 돌입했고 투쟁은 장기간 이어졌다. 쉽지 않은 싸움이었다. 당국의 탄압 외에도 대중의 무관심과 경제적 궁핍이 광부 노조를 괴롭혔다. 그때 한 단체가 이들을 돕기로 나선다. 단체의 명칭은 LGSMLesbian and Gay Support Miners, 광부를 지지하는 동성애자 모임이다. LGSM은 런던에서 모금 운동을 통해 모은 돈을 광부 노조에 전달하려고 한다.

그러나 LGSM의 입장에서는 후원금을 받으려는 광부 노조를 찾기가 후원금 마련보다 훨씬 어려웠다. 후원금을 내려는 단체가 동성애자 모임임을 밝히는 순간, 광부 노조 전화는 끊어졌다. 그래도 포기하지 않고 LGSM은 여기저기 연락을 취한다. 그러다 마침내 후원금을 감사히 받겠다고 답변한 사람과의 통화에 성공한다. 그는 웨일스 탄광 노조의 일원이었다. LGSM 멤

버들은 환호한다. 하지만 사실은 이랬다. 귀가 어두웠던 웨일스 탄광 노조 담당자가 LGSM의 정체를 런던 어쩌고저쩌고 하는 단체로 오해한 것이다. 웨일스 광부 대표로 런던을 방문한 다이 (패디 콘시딘 분)도 이곳에 와 이야기를 해보고 나서야 착오가 있었음을 알게 된다. LGSM의 L이 런던이 아니라 레즈비언의 약자였다니! 그는 당황한다.

그렇지만 다이는 LGSM의 지원을 거절하지 않는다. 그는 세상의 통념보다 중요한 것이 무엇인지 아는 사람이다. 다이는 한 게이바에서 이렇게 감사를 표한다. "여러분은 우리에게 돈 이상의 것을 주었습니다. 바로 우정이지요. 당신보다 강한 상대를 만난 상황에서, 있는 줄도 몰랐던 지원군을 만난다면, 세상을 다 가진 기분이 들 겁니다." 그가 말한 우정을 연대로 바꿔도 되리라.

이쯤에서 우리는 알 수 있다. 편하게 결속하는 연대 같은 것은 없다는 진실 말이다. 같은 것이 아니면 단절하려는 배척의 태도를 넘어, 불균일한 것이 섞이는 혼란의 시기를 거친 후에야, 연대가 성립할 가능성이 조금이나마 생겨난다. 이 과정이 반복되는 가운데 연대는 깨질 수도 있고, 혹은 단단해질 수도 있다.

처음부터 아름다운 연대는 아예 없다고 봐도 무방하다. 박상륭 작가의 말마따나 아름다움은 앓은 다음에야 얻어지는 가치다. 그러니까 연대는 완전무결한 결합이라기보다, 상처투성이의 연결에 가깝다. 이어붙이기도 힘들고, 지속되는 동안 계속 덜커덕대지만, 그럼에도 불구하고 추구하지 않을 수 없는 덕목이다. 앞서 언급한 대로, 우리는 단일한 조직의 부속으로 살아서는 안 되기 때문이다.

어쩌면 지금 당신은 자조할지도 모르겠다. 자신은 조직 운영을 위한 조그마한 톱니바퀴에 불과하다고, 그냥 이대로 소모되다가 끝나버리고 말 것이라고. 그래서 더욱 더는 그렇게 살지 않겠다는 자각과 다짐이 절실히 필요하다. 우리 각자는 고유성을 가진 서로 다른 집합이다. 공동체라는 전체집합은 이런 단독적인 우리의 구성체다.

파업이 있고 나서 몇 년 후, 마가렛 대처는 "'사회 공동체'와 같은 것은 없다. 오직 개인으로서의 남성과 개인으로서의 여성, 그리고 그들의 가족이 있을 뿐이다"라고 말했다. 〈런던 프라이드)의 주요 캐릭터들은 대처가 말했던 것과는 정반대의 가치, '단결의 힘'을 열렬히 믿는다. 이러한 가치가 오늘날 다소 신선하게 느껴지는 것은 우리가 그로부터 얼마나 멀어졌는지를 보여주는 증거다. 현재 우리는 이기심에 이끌려 인생 역전의 한 방을 얻으려고 하는 다수의 개인들이 되지 않았나. "당신이 그 주인공이 될 수 있습니다! 당신과 당신의 친구들이 아니라, '당신'만."

매튜 워처스 감독이 밝힌 연출의 변이다. 여기에서 마가렛 대처가 역설하는 개인은 주체적 존재가 아니다. 그가 원하는 개인은 조직에 충성하는 신민일 따름이다. 그런 사고관에서 사회 공동체란 있을 수 없다. 매튜 워처스 감독은 마가렛 대처가 염두에 둔 개인을 문제 삼는다. 조직의 뜻을 거스르지 않고 혼자만 편히 살아보겠다는 이기적 유전자가 조종하는 인형들. 연대는 이들을 함께 사는 것의 소중함을 아는 자발적 행위자로 바꾸는 힘이다. 물론 줄곧 썼듯이, 그러려면 지극히 험난한 여정을 각오하지 않으면 안 된다. 이것은 〈런던 프라이드〉에서 자세히 그려진다. 다이를 비롯한 소수의 사람들을 제외한, 나머지

웨일스 광부 노조는 LGSM의 도움과 교류를 꺼린다. 동성애자에 대한 편견 탓이다.

부정적으로 치우친 생각의 균형 잡기를 위한 시도는 아주 작은 움직임에서부터 시작된다. LGSM 멤버 중 한 사람인 마크(벤 슈네처 분)의 솔직한 발언을 그 예로 들 수 있을 듯하다. 그는 웨일스 탄광 마을 사람들에게 다음과 같이 말한다. "여러분을 돕고 싶어서 모금을 시작했고 다른 뜻은 없습니다. 우리도 당신들이 현재 겪고 있는 일, 멸시와 억압에 시달리기 때문입니다."

이 말을 들었다고 사람들의 태도가 단번에 달라질 리 없다. 다만 이 말이 얼음장 같았던 그들의 마음에 작은 균열을 낸 것만은 틀림없다. 급작스러워 보이는 전환, 그 아래에는 변화를 모색했던 무수한 실패가 쌓여 있다. 우리는 경험적으로 안다. 그러므로 무엇이든 해볼 수 있고, 오늘과 다른 미래를 예감할 수 있다.

LGSM을 망라한 여러 사람의 노력은 쓸모없지 않았다. 영화의 결말에도 나온다. 이들은 실천적 연대를 보여줬다. 아니 성공하지 못했다 해도 괜찮았으리라. 언젠가는 반드시 성공했을 테니까. 그것은 결코 무용한 몸부림이 아니다.

이런 와중에 '이질적인 것 자체가 부분집합으로 모인, (공집합을 포함하는) 전체집합'으로서의 공동체가 도래한다. 동성애자와 이성애자가 다 같이 춤추고 노래하는 장면에서, 동성애자와 이성애자가 인간다운 삶을 위협하는 권력에 다 같이 맞서는 장면에서, 나는 살아야 할 공동체는 어떤 것이며, 상상해야 할 공동체가 어떤 것이어야 하는가를 확인할 수 있었다. 거기에 주의를 기울이지 않을 때, 우리는 긍지를 잃는다. '프라이드pride'는 영화의 원제목이기도 하다.

4장

진실과
상실의 역설

어떤 복수보다
완벽한 복수

셰익스피어의 통찰이 다다른 곳

종교는 원수를 사랑하라고 가르친다. 나는 도저히 지키지 못할 숭고한 교리다. 내가 보기에 이와 같은 가르침은 강자만 실천할 수 있는 명제다. 내가 강자여야만 원수는 나의 사랑을 거부하지 못한다. 원수가 나보다 강하면, 그는 나의 사랑을 거들떠보지 않는다. 기껏해야 원수는 나의 사랑을 굴종으로 여길 뿐이다. 불평등한 권력 문제는 사랑의 관계에도 적용된다. 사랑하는 사람들은 같은 위치에 서 있지 않다. 사랑이 대단한 까닭은 연인을 실제로 동등하게 만들어서가 아니라, 두 사람이 동등하다고 믿도록 하기 때문이다. 그런 의미에서 사랑은 또 다른 신앙이다.

현실은 원수를 갚으라고 부추긴다. 약자가 따를 수밖에 없는 비루한 명제다. 원수는 나의 사랑을 받아주지 않는다. 대개 원수가 강자이고, 자신이 약자이기에 그렇다. 어쩔 수 없이 나는 원수 갚기를 선택한다. 그래서 모든 복수에는 연민이 서린다. 그것이 복수의 대상보다, 복수의 주체가 눈물겨운 이유다. 그렇다면 복수에 내재한 속성은 무엇일까. 와신상담臥薪嘗膽이라는 고사성어가 있다. '불편한 섶에 몸을 눕히고 쓸개를 맛본다'는 뜻을 가진 이 말은 원수를 갚기 위해 고난을 참고 견디는 상황을 가리킨다.

춘추시대 오왕 부차의 아버지는 월왕 구천에게 패해 죽는다. 아들인 부차는 아버지의 원수를 갚고자 복수의 화신이 된다. 그는 침대가 아니라 땔나무 위에서 불편하게 잠을 잔다. 복수하는 것을 잊지 않기 위한 노력이다. 그렇게 복수의 칼을 갈고 닦은 그는 마침내 전쟁에서 승리해 구천을 굴복시킨다. 구천은 가까스로 목숨을 건진다. 살아남은 구천은 부차처럼 또 다른 복수의 화신이 된다. 참혹한 패배를 당해 나라까지 빼앗긴 치욕을 갚지 않고서는 살 수 없었기 때문이다. 그는 곁에 쓸개를 놓아두고 핥으며 패배의 쓴맛을 다시는 맛보지 않으리라 다짐한다. 그리고 재차 전쟁을 벌여 부차에게 설욕한다.

여기에는 복수의 두 가지 특성이 드러난다. 하나는 항상성으로 복수의 실행을 위해서는 분노가 일정하게 유지되어야 한다는 것이다. 우리가 아는 거의 모든 것은 시간의 공격을 받는다. 사물뿐만 아니라 감정도 마찬가지다. 열렬한 사랑이 그렇듯, 속절없이 흐르는 세월 앞에서는 맹렬한 증오도 무뎌지게 마련이다. 그러니까 복수를 하려면 복수심으로 자기 가슴을 가득 채운 채 살지 않으면 안 된다. 복수를 이룰 때까지 부차가 땔나무 위에 눕고, 구천이 쓰디쓴 쓸개를 맛본 것은 복수심을 계속 불태우는 일이 얼마나 어려운가를 반증하는 대목이다.

다른 하나는 복수가 '작용 반작용의 법칙'을 충실하게 따른다는 것이다. 어떤 행위에 대한 보복이라는 점에서 복수는 태생적으로 작용에 대한 반작용의 성질을 갖고 있다. 그러니까 내가 들고 있는 복수의 칼로 원수를 찌르는 순간, 나도 복수의 칼에 찔리고 만다. 복수의 칼날은 손잡이 반대편에서도 튀어나온다. 설령 유형적인 상처를 입지 않는다고 해도 무형적인 상처를 입는 것은 피할 수 없다. 와신상담 고사에서 구천이 부차에게 끝내 이겼다고 하나, 그 또한 만신창이의 꼴을 면할 수는 없었다. 복수는 복수의 대상은 물론이고, 복수의 주체도 처참하게 만든다.

인간에게 사랑이 가능하다면 용서도 가능하지 않을까?

주인공이 복수를 맹세할 만한 사건은 셰익스피어가 쓴 마지막 희곡《템페스트The Tempes》에도 벌어진다. 밀라노 공국을 다스리는 프로스페로는 정치보다는 마술 연구에 몰두하는 대공이다. 그를 대신해 정사를 돌보던 동생 안토니오는 흑심을 품는다. 형 프로스페로를 내쫓고 자기가 밀라노 대공이 되겠다는 야심이다. 안토니오는 나폴리의 왕 알론소의 힘을 빌려 프로스페로를 축출한다. 딸 미란다와 함께 망망대해를 헤매다 프로스페로는 어떤 섬에 도착한다. 그곳에서 프로스페로는 딸을 키우며 마법의 힘을 갈고 닦는다. 그는 정령 에어리얼을 수하로 삼을 정도로 강력한 마법사가 된다.

그렇게 십여 년이 흘렀다. 나폴리 왕 알론소와 밀라노 대공이 된 안토니오는 튀니지 왕 결혼식에 참석했다가 귀국길에 오른다. 그런데 그들은 바다에서 거센 폭풍우와 맞닥뜨리게 된다. 이 폭풍우는 평범한 자연재해가 아니다. 자신의 원수들이 바다를 지나고 있다는 사실을 안 프로스페로가 막강한 마법력으로 일으킨 것이다. 그는 알론소와 안토니오 일행을 자신이 있는 섬에 오도록 유인한다. 그때 프로스페로는 알론소의 아들 페르디난드만 무리에서 따로 떨어지게 만든다. 그리고 나서 자신의 딸 미란다가 그와 우연히 마주치도록 한다. 페르디난드와 미란다는 첫눈에 사랑에 빠진다. 과연 프로스페로의 복수는 어떤 결말을 맞게 될까.

이런 대사를 옮겨보면 어떨까 싶다. 극의 전개를 추측하는 데 간접적으로나마 도움이 될 듯하다. 정령들로 하여금 한바탕 진짜 같은 연극을 치르게 한 뒤, 프로스페로가 페르디난드에게 하는 말이다. "우리의 축제는 이제 끝났어. 배우들은 모두 정령이었고, 공기 중에 녹아 버렸지, 흐릿한 공기가 된 거야. 그리고 이러한 환상의 근거 없는 뼈대 같은 구름에 휩싸인 탑들, 화려한 궁전들, 근엄한 신전들, 어마어마한 지구 자체도. 맞아, 이를 이어받은 모든 것은 녹아버리는 거야. 공허한 야외극이 서서히 사라지는 것처럼, 받침대 하나 남기지 않고 말이야. 우리는 꿈을 이루는 물질이고, 우리의 조그마한 삶은 잠에 둘러싸여 있어."

은퇴를 앞둔 작가는 자기 최후의 대작을 처절한 복수극으로 그릴까, 아니면 장엄한 화해극으로 그릴까. 사실 그 답보다 중요한 것이 프로스페로가 한 언급이라고 생각한다. 그의 말처럼 우리는 꿈의 재료로서, 잠으로 둘러싸인 삶을 꿈꾸며 살고 있는지도 모른다. 그런 진실을 깨달은 사람이 스스로의 삶을 악몽으로 끝내기를 원할 리 없다. 이제 프로스페로가 왜 자기 원수들을 섬으로 이끌었는지 짐작이 간다. 그는 하기 어려운 바로 그 일을 행동에 옮기려 한다. 나에게는 프로스페로가 실행하려는 그것이야말로 그 어떤 복수보다 완벽한 복수로 보인다.

희미한 희망을
포기하지 않기

계속하겠다는 선언의 가치

우리는 열심히 살고 있다. 그렇지 않은가? 오늘 아침에도 당신은 일 분만 더 이불 속에 있고 싶다는 유혹을 힘겹게 물리치고 일터로 나왔다. 도서관이 아니라, 직장으로 출근하고 싶은 마음이 간절한 취업 준비생도 부지런하기는 매한가지다. 그의 하루는 어학 학원부터 공채 스터디로 이어지는 스케줄로 꽉 차 있다. 현재 한국 사회에서 게으름은 절대악으로 규정된다. '남들은 기를 쓰고 노력하고 있는데, 너는 빈둥거리고만 있으니 도태될 게 뻔하다'는 고정관념이 전 국민의 머릿속을 지배하고 있기 때문이다. 요모조모 따져 보아도 분명 우리는 열심히 사는 것이 틀림없다.

그런데 이상한 점이 하나 있다. 자신이 '열심히' 살고 있다고 다들 생각하는데, 자신이 '잘' 살고 있다고는 아무도 느끼지 못한다는 사실이다. 이것은 열심히 살면 잘살게 될 것이라는 이 세상의 상식이 무엇인가 잘못되었음을 입증하는 사례다. 물론 어떤 사람들은 본인이 잘살고 있다고 여길지도 모르겠다. 잘

산다는 것의 의미는 사람마다 다르게 인식되기 마련이니까. 그렇지만 제발 우리, 잘산다는 것을 돈이 많다는 뜻으로 단순하게 받아들이지는 말자.

잘산다는 것을 나는 이렇게 정의한다. '자기 자신만의 희망을 포기하지 않고 살아가는 것.' 열심히 살고 있는데, 잘살고 있다고 느끼지 못하는 이유는 희망 없이 하루하루를 살고 있어서다. 원래 당연히 갖고 있다고 여겼던 희망이 살다 보니 어느새 내 안에서 스르륵 빠져나가버린 것이다. 그런 점에서,

"계속해보겠습니다."

소설의 제목이자 소설 내에서 되풀이되는 선언으로부터 희망에 대한 이야기를 시작하려고 한다. 도대체 누가, 무엇을 끊이지 않고 이어나가겠다는 것일까. 보다시피 이 문장에 주어와 목적어는 생략되어 있다. 그 자리에는 어떤 것을 넣어도 상관없지만, 어떤 것을 넣어도 정답일 수는 없다. 처음부터 공백을 전제하고 쓰인 문장이기 때문이다. 다만 우리는 내용과 맥락을 고려해서, 작품을 읽는 각자의 경험 지평 안에서, 빈 곳을 채

워넣어볼 뿐이다. 그렇게 나온 결과가 중요한 것이 아니다. 핵심은 독자가 그것에 이르는 과정에 있다. 해석의 의미는 거기에서 만들어진다. 그래서 서술어로만 이루어진 문장에 스민 결연한 의지는 작중 인물을 넘어, 그들의 길에 동행한 모든 사람에게 영향을 끼친다. 이것이 황정은 작가의 장편소설《계속해보겠습니다》가 지닌, 개별적으로 다르게 작용되는 파급력의 정체다.

부정마저 긍정하는 것은 가능할까?

이 소설은 단행본으로 출간되기 전, '소라나나나기'라는 표제로 문예지에 연재됐다. '소라', '나나', '나기'라는 이름을 가진 세 사람의 사연을 담고 있는 작품이기에 그렇다. 소라와 나나는 자매다. 그들이 어렸을 때, 공장 직원으로 일하던 아버지 '금주'는 기계에 몸이 말려들어가는 산업재해를 당한다. 남편의 갑작스럽고 끔찍한 죽음에 어머니 '애자'는 깊은 실의에 빠진다. 그는 딸들에게 이렇게 말한다. 세상에 좋은 것들은 드물다고. 드물기 때문에 귀한 대접을 받는 것이라고, 그러니 드문 것들을 너무 바라며 살지 말라고 말이다.

망가져 가는 자기를 주체하지 못하던 애자 대신, 소라와 나나를 돌봐 준 사람은 옆집에 살던 또래 친구 '나기'와 그의 어머니 '순자'다. 이웃집 모자는 "오로지 애자의 세계만 맛보고 자라지는 않도록" 자매를 보살펴준다. 물론 나기(네 식구)라고 해서 아픔이 없는 것은 아니다. 그렇지만 이들은 서로의 상처를 보듬어 안으며 함께 어른이 되어간다. 그러던 어느 날 소라는 나나에게 예사롭지 않은 변화가 일어났음을 눈치 챈다. 나나가 비혼 임신을 했다. 그 후 아이를 가진 나나를 중심으로, 소라와 나기의 삶도 이전과는 다른 방향으로 흘러가게 된다. 그런 와중에 세 사람이 저마다 계속해보겠다고 다짐하고 있는 것은 무엇일까.

위에서 밝힌 대로 소라, 나나, 나기가 지속하려는 대상과 행위는 불분명하다. 그러나 확실하지 않아서, '계속'의 함의는 오히려 풍부해질 수 있다. 빈칸에 반드시 좋은 요소만 들어가야 하는 것도 아니다. 이 소설은 하찮고 덧없는 존재라도 소중할 수 있다는 것, 아니 하찮고 덧없는 존재라서 소중하다는 메시지를 전달한다. 무턱대고 희망을 강요하는 것이 아니라, 도저히 희망적일 수 없는 상황과 조건 속에서, 역설적으로 희미한 희망을 찾아내는 것이다.

이와 같은 점에서 "계속해보겠습니다"라는 거듭된 외침은 소설 안쪽과 바깥쪽에서 새로운 의의를 확보해간다. 이 삶은 과거를 단순하게 이어나가는 생활 방식, '유지'와는 엄격하게 구별된다. 정확히 표현하면 이 삶은 이미 있던 것과의 차이에 의해 생성되는, 이질적인 반복에 가깝다. 그렇기 때문에 이 작품은 존재의 긍정성을 긍정하는 데에서 멈추지 않는다. 이 작품은 존재의 부정성마저 긍정하는 일이 어떻게 가능한가를 탐색하는 데까지 나아간다.

세상의 웅성거림과 자기 내면의 목소리에 무관심한 채, 그저 열심히만 살아서는 곤란하다. 눈 감고 귀 막고 사는 게 편하기는 해도, 그것이 온당한 삶의 태도라고 할 수는 없다. 우리가 모르는 척 외면하고 있으나, 우리를 계속 아프게 하고 못살게 하는 바로 그 문제에 관심을 기울이고, 해결책을 찾아야 한다. 그래야 사그라진 희망의 불길이 다시 커질 수 있다. 비록 미미한 불꽃에 지나지 않는다고 해도, 우리가 간직하고 있는 희망이 우리를 잘살게 한다고 믿는다. 아무리 희미하다고 해도 희망을 그냥 놓아버려서는 안 된다. 희망을 붙잡고 무엇이든 계속해보려 한다. 나는 '잘' 살고 싶다.

진실과
상실의 역설

무라카미 하루키가 묻는 생의 좌표

단호하게 인생을 정의하는 사람보다는 신중하게 인생에 접근하는 사람을 신뢰한다. '인생은 무엇이다'라는 단정형이 아니라, '인생은 무엇일지도 모른다'라는 추측형의 화법을 쓰는 사람 말이다. 그래서 소설가 무라카미 하루키를 좋아한다. 예컨대 그는 《색채가 없는 다자키 쓰쿠루와 그가 순례를 떠난 해》에서 이렇게 쓰고 있다. "우리네 인생에는 어떤 언어로도 제대로 설명하기 어려운 것이 있는 법이죠."

데뷔작부터 지금까지 그는 순리를 의심하고 역설을 옹호한다. 살아가면 살아갈수록 우리는 자신의 진실한 모습을 발견하게 되고, 그러면서 스스로를 상실해 간다는 것이다. 소설 속 등장인물 누구의 발화든 관계없이 이것은 하루키의 일관된 태도이며 그가 아직 정신적으로 노화하지 않았다는 방증이기도 하다.

그런데 60년 넘게 세상을 산 하루키보다 어린 연배의 어떤 '어른'들은 종종 (실은 매우 자주) 후속 세대에게 자신의 삶을 따르도록 강요한다. 그 행태에 숨이 막힐 때마다 나는 하루키의 글을 산소마스크를 착용하듯 찾아 읽었다. 그러면 조금 숨통이 트였다. 정답은 이미 나와 있으므로 그곳을 향해서 정해진 길을 따라 열심히 가야 한다고 가르치는 사회에서, 하루키는 굳이 거기에 따를 필요가 없음을 보여줬다. 그의 작품을 접하게 되면 발 딛고 있는 현실에서 편안하게 살기는 어려워진다. 평탄하게 살려고 하면 눈을 감고 귀를 막아야만 하는데, 그의 작품은 술과 음악으로 매혹하면서 자꾸 이것저것 보고 듣게 만든다.

그러고는 캐릭터에 몰입한 독자로 하여금 사랑과 이별을 거쳐 죽음과 방황을 겪게 한 뒤에 이전과는 전혀 다른 삶의 장으로 이끌어 놓는다. 가히 하루키 소설의 서사 문법이라고 할 만한 일련의 경로를 체험하고 나면 도저히 예전의 생활로는 돌아갈 수 없다. 나를 포함한 수많은 하루키 애독자, 아니 하루키 중독자의 탄생은 아마 이렇게 시작되지 않았을까 싶다.

평상시에는 자명하다고 인지하지만 실은 불명확한 것들은 도처에 널려 있다. 따지고 보면 세상에 내던져진 현존재로서의 인간, 우리의 실존부터가 바로 그렇다. 예전 〈국민교육헌장〉에는 "우리는 민족중흥의 역사적 사명을 띠고 이 땅에 태어났다"라는 구절이 쓰여 있기도 했다지만, 애당초 목표가 정해진 출생 따위가 있을 리 만무하다.

우선은 그저 '목적 없는 삶'을 살아내야만 한다. 그것은 마치 과거에는 신이 머물렀다고 알려진, 그러나 현재에는 신이 없는 장소로 가는 순례와 유사하다. 순례자가 실재하는 신을 찾으려고 순례를 떠나는 게 아니듯, 인간이 명시적인 목적을 추구하려고 살지는 않을 것이라고 나는 생각한다. 도착의 안도보다 중요한 것은 여정의 순간이 아닐까. 그렇기 때문에 헤매고 헤매는 방황의 서사인《노르웨이의 숲》을 그토록 많은 독자가 찾아 읽었는지도 모르겠다. 나도 학업·취업·연애·군대 문제 등으로 고민하면서, 이른바 '88만원 세대'인 20대로서 불안하기 짝이 없는 현실을 살아내는 동안《노르웨이의 숲》을 되풀이해서 읽었다.

하루키 작품에서는 어떤 사건의 동기가 무엇이었는가를 파악하는 것은 부차적인 일에 불과하다. 더 정확하게 표현하면, 결과의 합리적인 원인을 파악하는 것 자체가 불가능하다고 해야 한다.《노르웨이의 숲》을 쓴 목적에 대해 하루키는 다음과 같이 밝힌다. "내가 그리고 싶었던 것은 사람이 사람을 사랑한다는 것의 의미입니다. 그것이 이 소설의 간명한 테마입니다."

　사람이 누군가를 사랑하고, 그것을 잃어버리는 것에 대해 어떻게 명확한 이유를 댈 수 있을까. 어쩌면 진정한 논리는 궤변처럼 들릴지도 모른다. 그는 이렇게 덧붙인다. "그러나 나는, 동시에 하나의 시대를 감싸고 있었던 분위기라는 것도 그려보고 싶었습니다. 사람을 진실로 사랑한다는 것은 자아의 무게에 맞서는 동시에 외적 사회의 무게에 정면으로 맞서는 것이기도 하기 때문입니다."

　그러니까 사랑은 단순히 내밀한 남녀의 연애에만 한정되지는 않는다. 다른 사람과 만나 새로운 진리를 만들어내는 모든 것이 사랑이라고 할 수 있다. 그것을 설령 잃어버린다고 해도 그 가치는 퇴색하지 않는다. 하루키의 소설을 읽으면서, 우리가 상식적으로 알고 있는 협소한 의미의 사랑을 조금씩 확장시켜나가는 연습을 할 필요가 있다. 그러한 지평에서 사랑은 상실마저 수렴하니까.

　《노르웨이의 숲》의 주요 화소이기도 한, 영국 밴드 비틀즈는 '노르웨이의 숲'에서 노래한다. "난 혼자였어, 그 새는 날아가 버린 거야." 그 새는 대체 어디로 날아간 것일까? 새가 의미하는 사랑했던 여인도, 젊었던 시절도 이제는 사라지고 없다. 그렇지만 하루키 소설의 구절처럼, 우리는 상실을 거듭하면서 조금씩 자기 자신을 알게 되는 것일 테다. 하루키는 《노르웨이의 숲》에서 냉혹한 등가교환의 법칙을 명징하게 증명한다. 새는 날아가 버렸지만 어쩌면 그 새가 실은 내 안에 여전히 남아 있지는 않을까. 자신을 다시 들여다봄으로써 그 새를 다시 발견하게 될 수도 있다.

이것이 오늘 우리가 하루키의 소설을 읽고 이야기하는 이유다. 미도리가 와타나베에게 묻듯이, 자기만의 새를 찾기 위해 우리도 스스로에게 "나는 지금 어디에 있는가?"를 끊임없이 물어야 한다.

아주 특별한,
보통의 삶

평범해서 비범한 사람

'신은 지배하고 인간은 지배당한다.' 이런 알쏭달쏭한 문장이 있다. 비어 있는 목적어와 부사어 자리가 알맞게 채워져야 이것은 올바른 중문이 된다. 무엇을 대입해볼 수 있을까. 여러 가지 단어가 머릿속에 떠오른다. 하지만 다른 어떤 것보다, 신과 인간을 가르는 명확한 기준이 될 수 있는 단어가 들어가야 하지 않을까. 나는 생략된 문장성분에 '시간'을 대입하고 싶다. 그것을 넣어 완전한 문장으로 다시 써본다. '신은 시간을 지배하고 인간은 시간에 지배당한다.' 시간을 다루는 능력의 있음과 없음이 신의 무한성과 인간의 유한성을 판가름한다는 명제다. 다시 말해 시간을 마음대로 다룰 수 있다면, 인간은 신이 될 수 있다는 뜻이다.

시간의 한 귀퉁이만을 살며 한계를 가질 수밖에 없는 인간이 도대체 어떻게 그렇게 될 수 있을까. 현실적으로는 아무래도 불가능한 일이다. 한데 인간은 상상을 언어로 표현한 예술, 예컨대 문학을 통해서 그렇게 한다. 시간을 과거·현재·미래

시제로 나누고, 늘이거나 줄이고, 횡단할 수 있기에 문학은 신처럼 새로운 허구의 세계를 창조할 수 있다. 그런데 명민한 창작자는 여기에서 보다 더 멀리 내다보지 않으면 안 된다. 자기가 만든 세계에 스스로 만족하느냐, 아니면 자기가 만든 세계마저 초월해버리느냐 사이에서 내리는 결단이야말로 나쁜 작품과 좋은 작품의 여부를 결정짓는 핵심적인 요소다. 예컨대 〈풀〉로 우리에게 잘 알려진 시인 김수영이 〈시인의 정신은 미지〉라는 글에서 언급했듯이, 시인은 무엇인가를 무조건 신뢰하는 자가 아니라 바로 그 무엇인가를 철저하게 배반하는 자가 되어야만 한다.

> "시인은 영원한 배반자다. 촌초寸秒의 배반자다. 그 자신을 배반하고, 그 자신을 배반한 그 자신을 배반하고, 그 자신을 배반한 그 자신을 배반한 그 자신을 배반하고… 이렇게 무한히 배반하는 배반자. 배반을 배반하는 배반자… 이렇게 무한히 배반하는 배반자다."

어떤 사람은 시의 전위를 파격적인 형식과 도발적인 내

용으로 수행할 수 있는 것이라고 생각하기도 한다. 그러나 여전히 회자되는 가장 생명력 있는 시론 중에 하나인 '온몸으로 밀고나가는 시 쓰기'에서 김수영은 다르게 말한다. 그는 내용과 형식이 결합되는 작품은 기법의 차원이 아니라, 배반의 무한연쇄를 추구하는 미지未知의 정신에서 비롯된다고 전제한다. 시로 신이 되고, 신이 된 자기를 시로 배반하는 행위를 거듭하는 시인이 쓰는 시만이 전위로 향하는 동력을 얻게 된다.

　　김수영의 그런 주장이 시인에게만 적용되는 것은 아니다. '나'라는 영구한 감옥에서 끊임없이 탈주하려고 시도하는 모든 사람이 '영원한 배반자'에 해당된다. 신과 인간 모두를 배반하려는 자는 신도 아니고 인간도 아닌 경계의 문턱에 선다. 이편도 아니고 저편도 아닌 자, 이편에 있으면서도 동시에 저편에 있는 자들의 이야기에 나는 관심이 많다. 숭고한 신의 영역과 비속한 인간의 자리 어느 곳에서 머물지 않는 삶. 이들은 자기가 있는 장소, 자기가 사는 시간, 심지어 자기마저도 낯설게 느끼고 언제나 떠날 준비를 한다. 그리고 그들은 누구도 발견하지 못한 장소와 시간과 자기를 탐사하는 모험에 나선다.

보통의 날들을 배신하며 보통으로 산다

미국 작가 필립 로스가 쓴 《에브리맨》이라는 장편소설이 있다. 우연하게 주어진 삶을 딱 한 번만 살 수 있다는 점에서 우리는 모두 에브리맨(보통사람)이다. 그래서 평범한 사람은 사라지지 않는 것, 영원을 그토록 갈망하는 것인지도 모른다. '에브리맨 보석상'이라는 이름의 보석 가게를 운영했던 주인공의 아버지는 말한다. 보통 사람들이 다이아몬드를 사는 것은 자신은 이룰 수 없는 불멸에 대한 염원 때문이라고.

《에브리맨》은 특이하게도 주인공 '그'(소설에는 그의 이름이 나오지 않는다)의 장례식 장면으로부터 시작된다. 그러면서 작가는 다시 앞으로 돌아가 그가 살았던 삶을 하나하나 서술한다. 그는 대공황기 미국 유대인 가정에서 태어나, 광고인으로 일하며 세 번의 결혼과 세 번의 이혼을 경험한 뒤, 일흔이 넘어 병고에 시달리며 지금은 은퇴자 마을에서 산다.

그는 젊은 시절 아픈 딸을 위로하며 이런 요지의 말을 해준 적이 있다. 또 다른 현실을 창조하기는 불가능하므로 지금 현실에 닥쳐오는 것들을 묵묵하게 견뎌내야 하는 것이라고. 그러나 충고한 본인도 그렇게 실천하기는 쉽지 않다. 버티고 서서

오는 대로 받아들인다고 해서 삶의 고통이 없어지는 것은 아니기 때문이다. 아픔이야말로 살아 있음의 제일 확실한 증거다.

그럼에도 불구하고 시간의 무자비한 흐름과 제약을 삶과 관련해 의식하는 일은 중요하다. 불가피하게 시간에 종속된다는 것과 능동적으로 시간을 산다는 것은 다르니까. 절대자처럼 우리가 시간의 덩어리를 지배하지 못하더라도 괜찮다. 어떤 사람은 난반사되는 시간의 파편을 어루만지면서 흘러가는 것을 받아들인다. 유동적인 것은 변환하고 전도하면서 어디에나 스밀 수 있다. 그것을 무엇이라고 규정할 수 있을까. 모든 것이 될 수 있으므로 모든 것이 아닌 것, 모든 것이 아니므로 모든 것이 될 수 있는 것. 돌고 도는 삶은 원 운동하는 물체처럼 보이기도 한다. 여기에는 바깥에서 중심으로 육박하는 구심력과 중심에서 바깥으로 이탈하는 원심력이 공존하고 있다.

의미 없는 반복은 삶의 권태를 불러일으키고, 삶에 내재한 모순을 의심하는 마음을 제거해버린다. 편하게 인생을 살 수 있는 제일 간단한 방법은 자기를 둘러싼 환경—사람과 사물을 주어진 대로만 이용하는 것이다. 현실에 회의하지 않는 사람은 충분히 행복해질 수 있다. 앞서 나는 신도 아니고 인간도 아닌 경계의 문턱에 서는 사람들, 이편에 있으면서도 동시에 저편에 있는 사람들을 언급했다. 그들이야말로 신과 인간 모두를 배반하려는 사람들이라고.

이제 와 밝히지만 그들은 특별한 누군가가 아니다. 그냥 《에브리맨》의 그와 같은 보통사람이다. 때로는 행복의 허위에 기뻐하기도 하고, 때로는 행복의 진실에 절망하기도 한다. 그러면서 우리는 보통사람으로, 세상에서 꼭 하나뿐인 보통의 날을 배반하며 살아간다.

역술원 말고,
힘, 용기, 지혜를 구하기

불안을 견디는 한 가지 방법

역술원 좀 다니시는지? 일부러 밝히지 않아서 그렇지, 꽤 많은 사람이 역술원의 고객이리라 짐작된다. 언론에서도 벌써 몇 년 전부터 청년들이 역술원에 자주 간다는 뉴스를 보도했으니까. 무엇 하나 예측할 수 없는 미래에 불안을 느끼는 탓이다. 타로 카드, 사주, 신점 등 다양한 방법으로 그들은 취업, 연애, 결혼 등 자신의 고민거리를 상담한다.

하소연이 목적이라면 상관없겠으나, 역술가들이 탁월한 방책을 알려주는지는 잘 모르겠다. 개중에는 사이비도 드물지 않으니 말이다. 그렇지만 일류 역술가와 만나는 기연을 얻어도 앞날이 극적으로 바뀌기는 어렵다. 역술가가 이래라저래라 조언은 해도, 이를 얼마나 받아들여 어떻게 실천할 것인지는 온전히 듣는 이의 몫이기 때문이다.

지금까지 살아온 대로 우리는 계속 살아갈 확률이 높다. 성향이 하루아침에 바뀔 수 없어서다. 진수성찬을 두고 누구는 음미하며 기뻐하지만, 누구는 허겁지겁 먹다 체하고, 누구는 제 발로 상을 걷어차기도 한다. 그럴 때 일류 역술가는 비애를 느끼리라. 뭔가를 미리 아는 게 사람들한테 정말 도움이 되는 걸까. 이를테면 죽음의 예고 같은 것들. 그런 의문을 품은 작품이 안보윤 작가의 여섯 번째 장편소설《밤의 행방》이다. 등단작《악어떼가 나왔다》(2005)에서부터 드러난 바, 그의 소설 안테나는 세상의 어두운 전파를 수신하고 거기에 웃음을 더해 다시 세상으로 송신하는 방식을 취한다. 풍자가 안보윤의 특기라는 뜻이다. 그는 슬며시, 그래서 더 아프게 독자를 찌른다.《밤의 행방》도 마찬가지다.

내게 미래를 내다볼 권능이 아니라 미래를 살아낼 용기를

주인공은 "평범한 인상의 중년 남자" 주혁이다. 점집 '천지선녀'가 그의 거처다. 누나가 연 가게지만 정작 그녀는 자리를 비운 상태다. 누나는 신을 받으러 가겠다고 산으로 올라가 버렸다. 그녀는 무속인이라서 점집을 차린 게 아니라, 점집부터 차리고 무속인이 되겠다는 계획을 세웠다. 대놓고 사기를 치겠다는 의도는 없으니 그나마 양심적이라고 할까(이것이 현실을 비트는 안보윤의 첫 번째 웃음 코드다). 천지선녀가 없는 점집 천지선녀는 그래도 운영 중이다. 사람들이 알음알음 주혁을 찾아와서다. 그는 아무런 영적 능력이 없다. 그러나 우연히 특수 아이템을 습득했다. 나뭇가지 '반'이다. 반은 두 가지 면에서 특별하다. 하나는 주혁과 대화할 수 있다는 것, 다른 하나는 타인의 죽음을 예지한다는 것이다.

스스로를 사신이라 간주하니 무시무시한 분위기를 풍길 것 같지만, 실제로 반은 단 것이라면 사족을 못 쓰는 어린아이 같은 느낌이 물씬 나는 나뭇가지에 지나지 않는다(이것이 아이러니한 효과를 노리는 안보윤의 두 번째 웃음 코드다). 여하튼 반 덕분에 주혁은 유명세를 타게 됐다. 여기 선녀님이 다른 건 영 신통치 않은데, 사람 죽음을 알아맞히는 신기는 탁월하다는 소문이 나서다. '여기 선녀님'은 당연히 주혁을 가리킨다. 동네 사람들에게 점집 천지선녀에 사는 그는 도령이 아닌 선녀로 통한다(이것이 아이러니한 효과를 배가시키는 안보윤의 세 번째 웃음 코드다).

작가가 웃음 요소를 배치한 부분은 이 정도로 정리해두자. 그럼 《밤의 행방》의 찌르기는 무엇일까. 그것은 주혁을 방문하는 내담자들의 사연에서 드러난다. 직장 내 성폭력과 비리 등으로 이들은 괴로워한다. 내담자가 사건 당사자인 경우도 있으나 그들 대부분은 사건 당사자의 가족이다. 사건 당사자는 숨을 거두었다. 하지만 뭔가 석연치 않은 죽음을 규명하겠다. 이것이 가족들이 천지선녀를 만나러 온 목적이다. 가령 해원의 에피소드가 그렇다. 그는 동생 해림의 죽음을 둘러싼 비밀의 실체를 알고 싶어 한다. 요양병원에 불이 나 간호사로 일하던 해림이 사망했는데, 해원을 찾아온 병원 관계자는 해림이 횡령을 겸해 불을 지른 범인이라고 지목했다. 그러니 괜히 들쑤시지 말고 가만히 있으라는 것이다.

평소 지나치다 싶을 정도로 올바른 행동에 앞장섰던 동생을 떠올리면 도저히 있을 수 없는 일이라고 언니는 생각했다. 그것이 해원이 죽음과 관련된 사안만큼은 기가 막히게 맞춘다는 점집 천지선녀로 발걸음을 옮긴 이유다. 주혁은 해원에게 말한다. 해림은 아무도 해치지 않았을 뿐더러 오히려 요양병원 사람들을 구하려다 희생당한 것이라고. 이에 해원이 대답한다. 자신은 동생이 범죄를 저지르지 않았음을 굳게 믿고 있었다고. 동생을 죽음으로 몰고 누명을 씌운 이들에게 그냥 당하고 있지만은 않을 거라고 말이다.

여기에서 분명히 해둬야 할 점이 있다. 이때 반이 신통력을 발휘하지 않았다는 사실이다. 이는 해림에 관한 해원의 이야기를 오랫동안 들은 뒤 주혁이 내린 결론이었다. 왜 거짓말을 했느냐. 반이 그에게 묻는다. 주혁은 진실을 아는 것만큼이나 해원에게 필요한 것이 있었음을 피력한다. 바로 "위로"다. 그는 화재 참사로 아이를 잃은 아버지이기도 했으니까. 주혁은 사별한 가족에게 절실한 것이 무엇인지 잘 알았다. 반의 개입이 없었다고 한들, 이런 그의 발언을 과연 틀렸다고 할 수 있을까? 앞에서 나는 이렇게 썼다. 성향이 하루아침에 바뀔 수 없어, 지금까지 살아온 대로 우리는 계속 살아갈 확률이 높다고. 그러기에 해림이 위급 상황에서 자기 안위가 아닌 타인 구출에 나섰을 것이라는 판단도 가능해진다.

    그런데 지금까지 살아온 대로 살지 않게 되는 흔치 않은 사례도 발생한다. 해원이 대표적이다. 원래 그는 공연히 나서지 말고 본인 앞가림이나 하며 조용히 살자는 신조를 가졌다. 하나 동생의 죽음을 계기로, 동생의 죽음이 왜곡되었다는 주혁의 답변에 힘입어, 해원은 '절대로 가만히 있지 않겠다'는 투쟁의 사도로 변모한다. 처음부터 그는 해림이 결코 범죄를 저지를 리 없다고 여겼다. 다만 자기 자신의 믿음을 보완하고, 용기를 북

돋워줄 또 다른 확신의 근거가 더 있기를 바랐을 따름이다. 타로 카드, 사주, 신점 등의 역술은 이럴 때 진정 쓸모 있다. 내 인생은 역술가가 아니라 나의 것, 가장 좋은 해결책은 스스로 이미 알고 있어서다. 그러니까 우리의 삶에 격려와 응원을 보내지 않는 역술원에는 가지 마시길.

힘과 용기와 지혜가 나의 것이기를

신자라면 종교에 기대도 좋겠다. 나는 믿는 종교가 없지만 심란할 때 이 기도문을 암송하곤 한다. "우리에게 우리가 바꿀 수 없는 것들을 평온하게 받아들일 힘과, 바꿀 수 있는 것들을 바꿀 용기와, 이 둘을 분별할 수 있는 지혜를 내려 주소서." 이 기도문을 처음 접한 것은 페르난도 메이렐레스 감독의 영화 〈두 교황〉(2019)에서였다. 신성보다는, 사람의 아들인 베네딕토 16세와 프란치스코 교황의 실존적 고뇌와 서로를 존중하는 마음이 빛났던 작품으로 기억한다. 더불어 성직자도 (나보다는 훨씬 낫겠지만) 연약한 인간에 불과하다는 사실을 새삼 알게 됐고.

내가 생각하기에 연약함은 좋은 속성도 나쁜 속성도 아니다. 그냥 그러한 것에 지나지 않는다. 그러니까 연약한 인간이 연약하지 않은 신에게 의지하려는 것은 당연하다. 나는 종교가 없지만 종교를 가진 사람들을 "인민의 아편"에 중독된 이들로 여기지 않는다. 우리는 신이든, 또 다른 무엇이든, 기댈 수 있는 존재를 반드시 필요로 하니까.

이 기도문을 다시 만난 것은 난치병에 걸린 10대 소녀 헤이즐과 소년 어거스터스의 우정과 사랑이 담긴《잘못은 우리 별에 있어》에서다. 환우 모임에서 올리는 기도였다. 내가 보기에는 치료할 수 없는 병을 제발 낫게 해달라는 희망 고문보다는 이와 같은 기도가 더 가치 있는 것 같다. 신은 인간에게 현실세계에서의 영생을 약속하지 않기 때문이다. 따라서 현실을 견디기 위한 기도는 지극히 현실적이지 않으면 안 된다. 그리스 신화에는 소원을 잘못 빌어서 망한 예가 많다. 티토노스의 경우도 그렇다. 그의 연인이 된 새벽의 여신 에오스는 제우스에게 부탁한다. 인간인 티토노스에게 부디 영생을 달라고. 제우스는 에오스의 청을 들어주지만 이야기는 비극으로 끝난다. 그가 영원히 살되, '늙지 않은 채'라는 조건을 달지 않아서다.

이런 맥락에서 영화 〈두 교황〉과 소설《잘못은 우리 별에 있어》의 기도문은 빈틈이 없다. 우리가 어쩔 수 없이 받아들여야만 하는 숙명을 "평온하게 받아들일 힘과", 그럼에도 불구하고 우리가 바꿀 수 있는 운명을 "바꿀 용기와", 이것이 숙명인지 운명인지를 "분별할 수 있는 지혜"를 다 같이 달라고 하니 말이다.

여기에서 핵심은 숙명을 운명으로, 운명을 숙명으로 착각하지 않게 하는 지혜에 있다. 바꿀 수 없는 것을 바꿀 수 있는 것으로, 바꿀 수 있는 것을 바꿀 수 없는 것으로 오해하면 삶은 걷잡을 수 없이 무너지고 마니까. 잘못이 우리에게 있는지, 아니면 잘못이 우리의 별에 있는지, 확실하게 따져야 한다. 잘못이 우리에게 있다면 바꿀 수 있는 용기를, 잘못이 우리의 별에 있다면 이를 평온하게 받아들일 힘을 구하면 그뿐이다.

힘과 용기와 지혜가 나의 것이기를 기도한다. 신에게 호소하는 것이 아니다. 그리 돼야 한다고 내가 다짐하고 또 다짐한다. 이렇게 한다고 힘과 용기와 지혜의 아레테arete가 갑자기 나에게 스며들지는 않겠지. 그래도 가만히 시간을 흘려보내는 것보다는 나은 선택이라고 믿고 있다. 적어도 힘과 용기와 지혜가 살아가는 데 필수적인 덕목임을 기억력 나쁜 내가 잊지 않을 수 있을 테니.

그래서 고독하다고 느낄 때마다 나는 중얼거린다. "저에게 제가 바꿀 수 없는 것들을 평온하게 받아들일 힘과, 바꿀 수 있는 것들을 바꿀 용기와, 이 둘을 분별할 수 있는 지혜를 주소서." 이마저도 길다 싶으면 세 단어만이라도 떠올리려 한다. 힘, 용기, 지혜. 힘, 용기, 지혜. 힘, 용기, 지혜. 힘, 용기, 지혜.

하루라는
시간의 역사

리처드 링클레이터의 영화들

새로 영화가 개봉하면 반드시 찾아보는 감독들이 있다. 그 중 한 명이 리처드 링클레이터다. 2004년에 잭 블랙이 출연한 영화 〈스쿨 오브 락〉을 깔깔대며 보고 나서, 이 작품을 연출한 링클레이터의 다른 '재미있는' 영화들도 찾아봐야겠다고 생각했다. 그렇게 만나게 된 영화가 〈비포 선라이즈〉다. 1995년에 만들어진 이 영화를 봤을 때는 생경한 느낌이 들었다. 별다른 사건도 없이, 여자와 남자의 대화로만 진행되는 영화라니. 그런데 나를 흥겹게 해준 〈스쿨 오브 락〉만큼이나, 아니 그보다 더 깊이 〈비포 선라이즈〉는 내 마음에 남았다.

이후 〈비포 선 셋〉과 〈비포 미드나잇〉까지 이어지는 비포 시리즈는 내가 꼽은 베스트 영화 10 중 한 자리를 차지하게 됐다. 앞으로 다른 영화들을 보게 되더라도, 이 영화가 순위권 바깥으로 밀려나는 일은 없을 것 같다. 몇 번을 다시 봐도 새로운 감상을 불러일으키는 영화가 생각보다 많지는 않으니까. 거듭 보아도 지루하지 않다는 점에서 비포 시리즈는 아주 풍부한 매력을 갖고 있다. 영화에 대한 여러 해석을 해보는 가운데, 내가 가장 궁금했던 것은 비포 시리즈—제목에 전부 '비포$_{before}$'가 들어간 이유였다. 나는 두 번의 반복은 우연일 수 있지만, 세 번 이상의 반복은 우연이 아니라고 믿고, 그 이유를 한번 따져봐야 한다고 믿는 사람이다. 예컨대 영화 제목에 '전에'라는 뜻의 비포가 거듭해서 쓰이고 있다면, 특정한 전치사에 내포된 시제의 문제를 간과해서는 안 된다고 생각한다.

이런 관점에서 비포를 고집하는 리처드 링클레이터는 시곗바늘을 거꾸로 돌리는 감독처럼 보인다. 그는 끝을 출발점으로, 시작을 종결점에 두고 시간을 사유한다. 반대의 경우였다면 제목에 비포 대신 애프터$_{after}$가 사용되어, 이 영화들은 어쩌면 우리에게 '애프터 시리즈'로 알려졌을지도 모른다. 가령 비포 시리즈의 첫 번째 작품인 〈비포 선라이즈〉를 예로 들어보면 어떨까. 링클레이터가 시작을 출발점으로, 끝을 종결점에 두었다면, 오전에 만나 함께 하루를 보내고 다음날 오전에 헤어지는 제시(에단 호크 분)와 셀린느(줄리 델피 분)의 이야기는 〈애프터 선라이즈〉라고 명명되어야 했을 듯하다. 물론 그랬다면 영화 내용도 지금과는 사뭇 달라졌겠지만.

이 말이 의아하게 들릴 수도 있을 것 같다. 비포 시리즈는 스토리 라인에서 선형적인 시간관을 채택하기 때문이다. 하루가 채 되지 않는 영화의 내적 시간은 천천히 흐르기는 하되, 플래시백 없이 앞으로만 나아간다. 외형적으로만 간주하면 비포 시리즈는 단순한 플롯을 가진 단선적인 삼부작인 셈이다. 한데 이상한 일이 발생한다. 비포 시리즈를 보고 있노라면, 마치 복잡한 플롯을 가진 복선적인 영화를 보듯 독특한 시간 감각을 향유하게 된다. 영화 형식과 영화 체험이 상반되는 현상이 나타나는 연유를 따져보기 위해서는 역시 '왜 비포여야만 했을까?'라는 질문에 대한 답을 나름대로 구해봐야 한다.

비포 시리즈에서 일출sunrise, 일몰sunset, 자정midnight은 서사가 진행될 수 있는 한계 시간을 상정한다. 내일 해가 뜨고, 오늘 해가 지고, 한밤중이 되면 영화는 막을 내린다. 동일한 현상에 대한 다른 해석을 해볼까.

내일 해가 뜨기 전까지, 오늘 해가 지기 전까지, 한밤중이 되기 전까지 영화는 계속 상영된다. 여기에서 명백히 링클레이터는 후자를 선택한다. 표면적으로는 그가 과거에서 현재로 시곗바늘을 오른쪽 방향으로 돌리는 것처럼 보일지언정, 이면에서 그는 현재에서 과거로 시곗바늘을 왼쪽 방향으로 돌리고 있다. 그는 충만한 현재 시간으로 과거를 탈환하려는 역사가의 태도로, 시간을 하루로 응축해 비포 시리즈의 역사로 기록한다. 이처럼 기억을 역사화하는 한에서, 비포 시리즈는 시간에 관한 영화로 줄곧 호명되어 온 것이 아닌가 싶다.

지금 이 순간을 붙잡는다

이와 같은 방식은 2014년에 개봉한 〈보이후드〉에서도 일관되고 야심차게 이어진다. 그는 한 남자의 개인사를 테마로 삼아, 비포 시리즈보다 장구한 역사를 오롯이 담아낸다. 신세기부터 오늘에 이르는 미국의 정치적 경제적 문화적 편린들이 삶에 새겨지면서 소년은 성인이 되어간다. 하지만 앞서 이야기한 바에 따르면, 이 영화는 개인적 성장기의 외피를 쓴 역사적 연대기에 가깝다. 비포 시리즈에서 보여준 대로, 링클레이터는 아역 배우들이 실제로 성장해가는 모습을 오랫동안 찍으면서 사실과 허구를 뒤섞은 진짜 역사를 창조한다. 〈보이후드〉는 "이 순간이 우리를 붙잡는다"라는 메시지로 마무리된다.

그렇지만 역사가로서의 링클레이터는 사진가를 꿈꾸는

주인공 메이슨으로 하여금 동시에 전도된 메시지를 전하게 하는 것만 같다. 달리 덧붙일 필요도 없이, 역사가와 사진가는 시간과 투쟁하고 흘러가는 순간을 포획하는 사람들이다. 그래서 이 영화의 마지막 대사가 나에게는 자꾸 이렇게 들린다. "우리가 이 순간을 붙잡는다."

링클레이터가 2016년 관객들에게 선보인 〈에브리바디 원츠 썸!!〉에서도 유사한 주제를 찾아볼 수 있다. 이 영화는 이제 막 대학생이 된 남자의 이야기다. 고난을 견디는 모든 고등학생만의 마법 주문은 '대학생이 되면'이라는 가정법 구문이다. 그들은 원하는 대학에 입학하면 인생이 장밋빛으로 변할 것이라고 믿는다.

자기에게 좋은 일만 일어나리라는 순진한 기대를 품는다는 뜻이 아니다. 하고 싶은 일을 할 수 있는 자유를 얻는 그날을 맞이하는 것 자체가 고등학생에게는 장밋빛 인생이나 다름없다. 그렇게 미성년자인 이들의 행복 추구는 지금이 아니라 미래로 미뤄진다. 음주, 가무, 흡연 등의 육체적 쾌락을 거리낌 없이 충족시킬 수 있다는 점에서 대학생은 고등학생과 확연히 구분된다. 대학생은 자율성을 가진 배움의 주체다. 다시 말해 무슨 수업을 (안) 듣고, 어떤 공부를 (안) 할지는 본인 선택에 달려 있다는 의미다. 자신이 내린 결정과 그에 따른 결과는 스스로 책임져야 한다. 너무 많은 미래의 가능성 앞에서 그들은 혼란스럽다. 그럼에도 불구하고 대학생은 직접 판단하고 행동하지 않으면 안 된다. 그들에게는 시행착오마저도 배움의 일부다.

장르상 코미디로 분류되지만 영화 〈에브리바디 원츠 썸!!〉에는 이와 같은 성숙에 대한 성찰이 담겨 있다. 여기에는 비포 삼부작에서 빛을 발한, 링클레이터 특유의 한정된 시간 설정이 중요한 비중을 차지한다. 모든 사건은 개강 3일 전부터 시작해 개강일 아침에 끝난다. 그러니까 대학 새내기 제이크를 중심으로 야구부원들이 일으키는 좌충우돌 영상은 단 사흘 치뿐이다. 링클레이터는 이렇게 밝히고 있다. "그냥 1980년대에 카메라를 보내서 그때 주인공들에게 무슨 일이 있었는지 촬영하는 것처럼 하고 싶었다." 그의 말대로 〈에브리바디 원츠 썸!!〉을 즐기는 제일 편한 방법은 드라마 '응답하라' 시리즈를 보듯이 당시 문화적 코드, 특히 신나는 음악을 즐기고 새삼 향수를 느끼는 것이다.

그러나 이것은 마리화나를 피우며 1980년대 대학 시절을 보낸 미국인에게나 알맞은 감상법이다. 세대와 국적이 다른 관객은 이 영화를 다른 관점에서 봐야 한다. 그러기 위해서 다음과 같은 질문을 던져 본다. '왜 〈에브리바디 원츠 썸!!〉은 대학 생활이 본격적으로 펼쳐지기 이전, 3일 동안에 초점을 맞출까.'

가만 보면 이 영화는 링클레이터의 전작인 비포 시리즈와 맞닿아 있다는 사실을 발견할 수 있다. 그래서 비포를 집어넣어 이 영화에 새로 제목을 붙인다면 아마 '비포 시매스터 before semester'라고 할 수 있을지도 모르겠다. 섬광처럼 스쳐 지나가는 과거의 진정한 상을 붙잡아야 한다는 발터 벤야민의 역사철학 테제를 전유해, 그는 놓치기 쉬운 진실의 단면을 정확하게 포착해낸다. 때로는 경박하게, 때로는 진지하게 그리고 무엇보다 지루하지 않게. 덕분에 우리는 링클레이터 영화로 늘 새로운 역사와 만난다.

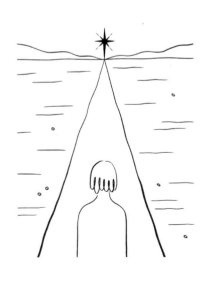

실패의 실패

    당신이 하는 많은 것으로, 당신이라는 사람을 짐작해볼 수 있다. 가령 당신이 무엇을 보고, 대상을 어떻게 보느냐에 따라, 나는 당신의 생각과 마음을 감지한다. 당신을 조금씩 알아가려는 시도다. 이것은 당신을 장악하려는 속셈이 아니다. 당신의 시선을 빌려, 있는 줄 몰랐던 것을 발견하고, 있던 것을 새롭게 파악하려는 노력. 당신과 더불어 조금씩 나를 알아가는 의도를 품은 과정이다. 유아론적인 나는 세계의 전부다. 하지만 이런 나는 실은 얼마나 작은가. 예컨대 그것은 1965년 11월 시인 김수영이 내쉰 한숨과 닮았다. "모래야 나는 얼마큼 적으냐 / 바람아 먼지야 풀아 나는 얼마큼 적으냐 / 정말 얼마큼 적으냐…"

　　나는 혼자일 때만 무한해지고, 세계 내 존재일 때는 쪼그라든다. 확장이 좋고 축소가 나쁜 것이 아니다. 비교하고 대조할 어떤 것이 있어, 내가 아닌 당신으로 인해, 나는 스스로가 이렇게 옹졸할 수 있음을 반성한다. 소망과는 달리 나는 비겁하고 치사한 인간이다. 대단한 영웅이 아니다. 그런데 거대한 세상과 부딪쳐 나의 보잘 것 없음을 깨달으면서, 역설적으로 나는 이전과 다르게 더 넓어지고 깊어진다. 독단적인 무한이 진짜 무한이 아님을 체감해서다. 아는 데 그치지 않고 몸으로 느껴야 우리는 비로소 바뀐다.

　　이쯤에서 나에게서 가장 먼 존재가 누구일까 궁금해진다. 죽도록 내가 미워하는 사람일까. 나는 조금 안다. 죽도록 누군가를 미워한다는 마음은, 죽도록 누군가와 함께 있겠다는 마음이기도 하다는 것을. 그래서 죽도록 미워하는 사람일수록 도리어 나와 밀접해진다는 것을. 이런 점에서 나에게서 가장 먼 존재는 실은, 나 자신이 아닐까. 도무지 나는 나를 알지 못한다. 나는 나에 대해 완벽한 타자다. 물론 이것은 나의 생각만은 아니다. 이를 먼저 언급한 철학자는 니체다. "우리는 필연적으로 우리 자신에게 이방인으로 남는다. 우리는 우리 자신을 이해하지 못한다. … '모든 사람은 자기 자신에 대해 가장 먼 존재다'라는 명제는 우리에게 영원히 타당하다."《도덕의 계보》서문에 그는 이렇게 써두었다.

그럼 나는 나를 어떻게 인식할 수 있을까? 내가 나를 '인식하는 자'가 아니라면, 나는 영영 나를 이해하지 못한 채로 살 수밖에 없을지도 모른다. 파악할 수 없는 것을 그냥 그대로 놔두는 것도 삶의 지혜 중 하나이기는 하다. 그렇지만 그럴 수 없는 사람들이 있어서, 소설을 읽거나 영화를 보는 일을 거듭하는 것이다. 그래봤자 소용없다고 해도, 여전히 나에게서 가장 먼 존재가 나라는 사실을 확인하는 반복에 불과하다 해도, 그래도 하지 않을 수 없는 시도다. 적어도 나를 미지의 존재로 남겨두지 않을 수 있기 때문이다. 내가 나로부터 얼마나 멀리 떨어져 있는지 (항상 기표와 기의가 어긋나는) 언어로 틀리게 가늠한다 해도, 그것이 유일하게 모르는 나를 견디는 방법인 한, 우리는 여기에 매달린다.

그러니까 도무지 나는, 나와 당신을 포함하는 우리가 어떤 존재인지 알 수가 없었다. 만나본 사람들은 저마다 베일에

싸인 면이 있었고, 나한테는 나조차 미지의 누군가처럼 느껴지기 일쑤였으니까. 그래서 소설을 읽고 영화를 보는 것을 멈출 수 없었다. 거기에 나오는 인물들은 내가 겪은 사람들보다, 내가 아는(혹은 모르는) 나만큼이나 이상했다. 비평은 내가 그들과 나누고자 했던 대화의 방식이었다. 글을 쓰는 동안에는 그를 아주 많이 이해한다고 여겼다. 하지만 글을 다 쓰고 나서야, 내가 그를 겨우 조금 이해했거나, 전혀 이해하지 못했다는 사실을 깨달았다. 현실에서나 허구에서나 어떤 사람을 알아가는 일은 쉽지 않다.

그럼에도 불구하고 소설을 읽고, 영화를 본 것에 관한 쓰기는 그만두지 않을 작정이다. 그것을 포기하는 순간 나는 사람을 향한 관심, 아니 사람에 대한 믿음을 포기하고 말 것이기 때문이다. 이 책은 그러지 않겠다고 스스로 내건 약속의 증표다. 여기에 실린 글을 통해, 대부분 내가 설레며 접한 인물에 건네는 말—가닿고자 했으나, 거의 닿지 못했던 실패의 과정을 고스란히 드러냈다. 나의 무수한 실패를 참고삼아 당신은 되도록 적게 실패했으면 좋겠다.

희미한 희망의 나날들

허희 산문집

1판 1쇄 인쇄 2021년 11월 11일
1판 1쇄 발행 2021년 11월 18일

지은이 허희
펴낸이 고병욱

책임편집 허태영 **기획편집** 김경수
마케팅 이일권, 김윤성, 김도연, 김재욱, 이애주, 오정민
디자인 공희, 진미나, 백은주 **외서기획** 이슬
제작 김기창 **관리** 주동은, 조재언 **총무** 문준기, 노재경, 송민진

펴낸곳 청림출판(주)
등록 제1989-000026호

본사 06048 서울시 강남구 도산대로 38길 11 청림출판(주)
제2사옥 10881 경기도 파주시 회동길 173 청림아트스페이스
전화 02-546-4341 **팩스** 02-546-8053

홈페이지 www.chungrim.com
이메일 cr2@chungrim.com
페이스북 https://www.facebook.com/chusubat

ⓒ 허희, 2021

ISBN 979-11-5540-196-5 03800